いのちの食べ方
how to eat life
1

口絵・本文イラスト：lack

contents

how to eat life

いのちの食べ方 1

十文字 青
原作・プロデュース：Eve

MF文庫J

これまでMVとコミック『虚の記憶』でしか語られていない弟切飛の物語が、小説家の十文字青さんとの非常に濃厚なセッションを経て、ひとつの物語として皆さんに届けられることを嬉しく思います。以前から僕も好きだったlackさんにイラストを担当いただいており、そちらも必見です。

『いのちの食べ方』という作品は、曲を聴いてくれたりMVを視てくれた皆さんの中で、それぞれの多様な解釈を持たれていると考えています。

一人の音楽家の中から生まれた世界と小説家の生み出す物語の二つが昇華された、ひとつの解釈としてぜひ楽しんでください。

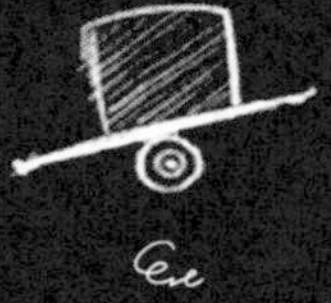

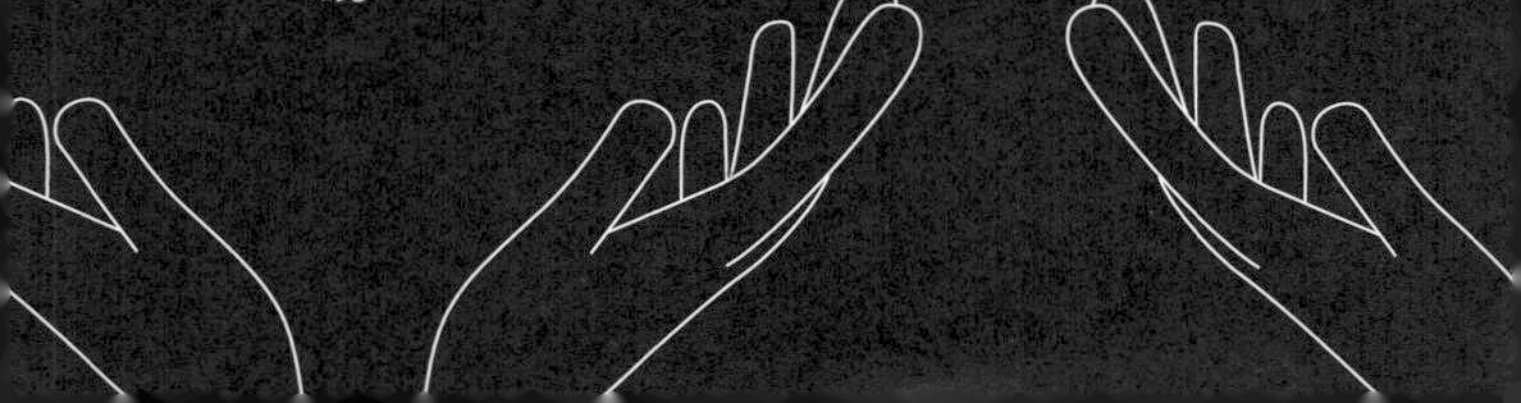

＃０／
過去＝．彼方
kako w(h)a dot
kanata

右手で鉄棒を握る。軽く勢いをつけ、片手で逆上がりをした。左脚を鉄棒にかけて一気に体を持ち上げる。

弟切飛《おとぎりとび》は鉄棒の上に立って腕組みをした。

「おいおい、飛ィ……」

左肩に引っかけているバックパックが呆《あき》れたように笑う。

「言っとくけどよ。それ、ちょっとした奇行だからな？　見るからに変なヤツだぞ？」

飛は聞こえないふりをして小さな児童公園を見回した。鉄棒。すべり台。木が二本植えられている。ベンチが二台。水飲み場。屋外灯。二人乗りのブランコ。

二人組の男子がブランコに乗っている。どちらも飛より年下だ。小五か、小六か。二人とも、何あの中学生、怖っ、とでも言いたげな顔をしている。

「ほら見ろ」

ケッ、ケッ、ケッ。

バックパックがいやらしい笑い声を立てる。

飛は舌打ちをした。うるさいよ、バク。思っただけだ。口には出さなかった。あの小学生たちにはバクの声が聞こえない。世界中で飛だけがこのバックパックと会話できる。

飛は鉄棒から飛び降りた。

「無駄に身軽なんだよな。猿だな、まるで」

飽きずにイジってくるバクを無視して、今度はすべり台に上がってみた。

ブランコの男子たちはもう飛を見ていない。ブランコを漕《こ》ぐでもなくスマホをいじっている。

飛はすべり台の上で中腰になった。あの頃、おそらく飛の身長はこれくらいだった。すべり降りる部分は金属製だ。銀色でへこみが目立つ。手すりの黄色い塗装はところどころ剥《は》げている。

「……もしかして、ここなのか？」

バクが囁《ささや》くように言った。

「どうかな」

飛は小声で答えながら制服の左袖をめくった。リサイクルショップで手に入れた腕時計の液晶は午後四時五十九分を示している。飛は中二で、部活には入っていないし、塾にも通っていない。施設の門限は五時半だ。

「そろそろ帰らねえと、間に合わないんじゃねえか？」

バクが嘲笑《あざわら》う。

黙ってろ。

飛はそう思いながらすべり台から飛び降りた。

バックパックを肩掛けしている飛の影はやたらと長い。

チャイムが鳴りはじめた。夕焼け小焼けだ。耳慣れた旋律。聞き慣れた音。

飛《とび》は暮れなずむ夕空を振り仰いだ。

「……肩車」

「あ？　何だって？」

尋ねたバクに答えるでもなく、飛は繰り返し呟《つぶや》いた。

「肩車——」


そうだ。

肩車。

兄に肩車をしてもらって、この公園に来た。兄は小声で何か歌っていた。

「ねえ、お兄ちゃん、それ何の歌？」

飛が訊《き》くと、兄は笑ってはぐらかした。

「何の歌なのかな」

「教えてよ」

飛は兄の耳を軽く引っぱってせがんだ。

「ねえ、教えて。何の歌？」

「作ったんだよ」

「お兄ちゃんが？」

「ああ。僕が今、作った歌」

覚えている。はっきりと。ありありと思いだせる。

すべり台。飛はあのすべり台で何度も遊んだ。兄はベンチに座って飛を見守っていた。脚を組んで前屈《まえかが》みになり、目を細めていた。兄は笑みを浮かべていた。

ブランコにも乗った。ブランコは二人乗りだ。兄もブランコに乗った。

「……そうだ」

行き、じゃない。

肩車は、帰りだ。

遊び疲れた飛を兄が肩車してくれた。夕焼け小焼けが鳴る帰り道で、兄は別の歌を口ずさんでいた。

「飛」

バクが呼びかけてくる。

「おい、飛」

飛は答えずに児童公園を出た。正面には二階建ての家がある。ここを右か。それとも左なのか。あの日、兄はどちらへ向かったのだろう。だめだ。わからない。

とりあえず飛《とび》は右方向に歩いてみた。車がなんとかすれ違える程度の狭い道だ。道に面している建物はどれもさして新しくはない。けっこう古そうな建物もある。

赤、青、白のサインポールを掲げている理髪店があった。外壁は深緑色だ。店の名前は理容室ハツシマ。見覚えがあるような気も、ないような気もする。

「どうだ？」

バクが訊《き》く。飛は足を止めずに首を横に振る。

探しているのはアパートだ。住所はわからない。でも、きっとこのあたりにあるはずだ。色は白っぽくて、外階段、外廊下の二階建てだった。飛はそのアパートの二階に兄と二人で住んでいた。

二階の何号室だったのか。たしか角部屋だった。室内の様子はだいたい覚えている。窓の外に黒塗りの柵が据え付けられていて、兄が飛をその柵の上に座らせてくれた。柵に肘をついて煙草《たばこ》を吸う兄の姿が目に焼きついている。

飛はT字路の真ん中で立ち止まった。足許《あしもと》にマンホールがある。

どの方向に目をやっても、記憶に引っかかる眺めがない。

あれから八年か九年は経《た》っている。その間に色々変わったのかもしれない。

「どうなんだ、飛？」

バクが言う。

「だから――」

飛はぐっとこらえようとした。

「うるさいんだよ、おまえは！」

無理だった。つい怒鳴ってしまった。

「……怒ることねえだろ。悪かったよ」

謝るなんてバクらしくもない。飛はため息をついて踵《きびす》を返した。その時だった。

黒ずんだ古いブロック塀が目に入った。塀の向こうは曲がり角になっている。黒く汚れたブロック塀。曲がり角。

妙に気になる。飛はそこまで行ってみた。曲がり角の先はかなり狭い小道で、両側に平屋や二階建ての住宅がひしめいている。道端に鉢植えが並んでいて、電柱がやけに細い。電線が小道に覆《おお》い被《かぶ》さりそうだ。飛の心臓が跳ね上がるように脈打った。

「ここ――通った……」


あの日だ。

飛はこの小道を走った。一人じゃない。兄も一緒だった。飛は兄に手を引かれていた。急いでいた。追われていた？　そうだ。何者かが飛と兄を追いかけていた。二人は逃げていた。どうして？

なぜ追われているのか。そんなことを考える余裕もなかった？　どうだろう。覚えていない。何が起こっているのか。兄は飛《とび》に説明してくれただろうか。それとも、兄も理解していなかったのか。わからない。とにかく必死だった。それだけはたしかだ。

ひとけはなかった。あたりは暗かった。真っ暗ではなかったと思う。日が暮れたあとか。明け方か。そのどちらかだ。

小道はいくらか広い道に突き当たった。右に進むと、軒先テントが設置された何かの店が右手に二軒、左手に一軒ある。飛と兄はおそらくこの道を走った。

かなり苦しかったはずだ。飛は今、走っていない。それなのに、胸が苦しい。

きっと飛は何回も弱音を吐いただろう。お兄ちゃん、もうだめかも。無理だよ。苦しいし、僕、もう走れない。置いてって。

兄は励ましてくれたはずだ。がんばれ、飛。走れるよ。飛は、まだ走れる。

そうだ。

がんばらないと。

だって、走れるって、お兄ちゃんが。

その道を抜けると、アスファルトではなく石畳の道に出た。古い商店街だ。ほとんどの店はシャッターが下りている。このシャッター街は記憶にない。道を間違えたのか。

そうじゃない。路地だ。兄と飛はすぐそこの路地に入って通り抜けた。

「ここなんだな、飛？」

バクが念を押す。飛は返事をしない。ここだと思う。間違いない。本当に？

下町、というのだろうか。際立った特徴はない。言ってしまえば、ありふれた街並みだ。

本当にここなのか？

兄はとうとう飛を抱え上げた。あの時、飛は泣いていたかもしれない。それか、転んで起き上がれなかった。そうだ。ここで転んだ。兄は飛を抱き起こして、そのまま走った。

「大丈夫だ、飛！」

兄の声が蘇《よみがえ》る。

車の音を聞いた。遠くに赤信号が灯《とも》っていて、兄が、「くそ！」と短く吐き捨てるように言い、引き返したような気がする。

おそらく、兄と飛を追いかけていたのは、一人や二人じゃない。大勢だ。


「止まれ」

そう声をかけられた。男の声だった。今じゃない。あの時の話だ。でも、思わず飛は立ちすくんでしまった。気味が悪い。こんなにもはっきりと覚えているなんて。飛は自分を抱えている兄にしがみついて、たぶん目をつぶっていたのだろう。男に「止まれ」と脅しつけるような口調で呼び止められ、驚いて目を開けた。

男が立っていた。男は何かを両手で握っていた。その物体の先をこちらに向けていた。大きな音が響き渡った。破裂するような音。硬い物を強く叩《たた》くような音だった。あれは何の音だったのか。当時はわからなかった。今にして思えば、銃声だったのではないか。

男は銃を持っていたのだ。兄と飛《とび》に向かって発砲した。

兄が「あっ」と声を発してよろめいた。あの時は、まさか銃で撃たれたなんて思いもよらなかった。でも、兄の身に何かが起こった。それだけは飛も理解していた。

ただ、兄はそのあとも飛を抱きかかえたまま逃げつづけた。兄は片足を引きずっていた。明らかに怪我《けが》をしていた。すごく痛そうだった。

どのくらい逃げたのか。数十秒とか数分ではないだろう。数十分か。あるいは、もっとなのか。

兄はビルとビルの間の路地に逃げこんだ。その前に、兄は飛を下ろしていた。飛のほうから、下ろして、と頼んだような覚えもある。いずれにせよ、飛は兄と手を繋《つな》いでいた。ひどく湿っていて、なんだか臭い、汚らしい場所だった。頭上に何台ものエアコンの室外機が半分屋根のようにせり出していて、ごうごう鳴っていた。

兄がいきなり扉を開けて、その中に飛を押しこんだ。

「ここに隠れてろ」

「でも、お兄ちゃん……」

「僕がいいって言うまで、じっとしてるんだ。わかったね、飛？　約束して。絶対に、声も出しちゃだめだ」

兄は路地にいた。飛がいる場所は屋内だった。兄は扉を閉めようとしていた。飛は怖くて不安だった。兄の言うとおりにしたら、ひとりぼっちになってしまう。いやだ。ひとりぼっちになんか、なりたくない。兄と一緒にいたい。離れたくない。

でも、兄は怪我をしていた。ずっと痛そうだったし、きつかったはずだ。きっともう限界なんだ。無理なんだ。

飛が足を引っぱっている。自分は足手まといなんだ。

離ればなれになりたくないし、ひとりぼっちはいやだけれど、言うことを聞かないといけない。そう思った。

「うん」

飛がうなずいてみせると、兄は唇に人差し指を当てた。

「しーっ」

兄の顔はあまり、というか、ほとんど見えなかった。

ただ、なんとなく、兄はあの時、笑っていたような気がする。

飛はもう一回、今度は黙ってうなずいた。

兄が扉を閉めた。真っ暗になった。

飛《とび》はあの闇を覚えている。

ただ暗いだけではない。手ざわりさえ感じられた。あの闇には重みがあった。暗くて何も見えないのではない。飛は闇に目隠しをされていた。闇が飛の目を、鼻も、耳もふさいで、この上、口まで覆われたら、息ができなくなる。闇が飛の中まで入ってくる。

頭がおかしくなってしまいそうで、扉に耳を寄せると外の音が聞こえた。室外機がごうごう鳴っている。その音が聞こえて少しほっとした。闇はまだ飛の耳を完全にふさぎきってはいない。

すぐに別の音が聞こえた。足音だろうか。激しい物音がした。

それから、声も。

誰かが叫んでいる。兄なのか。別の人物だろうか。

もちろん、飛は外に出たかった。扉のノブに手をかけた。開ける寸前で、何度も思いとどまった。

ここに隠れてろ。兄にそう命じられた。約束して、と言われて、飛はうなずいた。兄との約束を破るわけにはいかない。そんなことはできない。

だけど結局、怖かったんだ。

たまらなく怖くて、あの闇の中で息を殺していることしかできなかった。

いつしか飛はしゃがみこんでいた。ひたすら兄を待った。

兄は必ず戻ってくる。大丈夫、もういいよ、飛。そう声をかけてくれる。飛は兄を信じていた。信じるしかなかった。

闇に閉ざされたそこは、おそらく階段だった。その階段は下へ、下へと続いている。もしかしたら、どこまでも。地の底まで。

時折、暗闇の向こうで何かが動いているような気配を感じた。そのたびに飛は悲鳴をあげそうになった。どうにか押し殺して、心の中で兄に呼びかけた。

お兄ちゃん。

お兄ちゃん。

お兄ちゃん。

助けて、お兄ちゃん。

帰ってきてよ、お兄ちゃん。

早く戻ってきて、お兄ちゃん。

どうか、お願いだから、お兄ちゃん。

お兄ちゃん。

お兄ちゃん。

お兄ちゃん。

ここで待ってるから。約束したから。言うとおりにしてるから。お兄ちゃん――

いったい何時間、暗闇の中で震えながら、ひょっとすると、うとうとしたり、はっと目を覚ましたりしながら、飛《とび》はどのくらいの間、兄を待っていたのだろう。

三時間？

四時間だろうか？

十時間？

それ以上？

半日？

一日？

ひょっとして、二日？

もっとだろうか？

「――っ……」

突然、扉が開く音がして、光が射《さ》しこんできた。眩《まぶ》しかった。一瞬、目が痛んだ。そんなことはどうでもよかった。

「お兄ちゃん！」

飛は階段を上がった。扉はやはり開いていた。そこから外に出た。溝《どぶ》みたいな臭いがした。路地はコンクリートで舗装されていた。汚れてひび割れたコンクリートに赤い染みがついていた。

血だ。

——と、思った。

誰の血なのだろう。まさか。

まさか、お兄ちゃんが。

そんなわけがない。飛は真っ暗な地下への階段にいた。一人だった。誰かが外から扉を開けた。誰が開けたのか。

「お兄ちゃん」

そうだ。兄だ。兄が扉を開けた。そうに決まっている。兄が戻ってきた。飛を迎えに来てくれたのだ。

飛は兄を捜した。どこかにいるはずだ。扉を開けたのが兄なら、すぐ近くにいないとおかしい。

「おっ——……」

いた。路地の出口付近に男が立っている。でも、あれは。飛は身震いした。違う。

お兄ちゃんじゃない。

その男は飛のほうに体を向けていた。背が高くて帽子を被《かぶ》っている。当時の飛は帽子の種類なんてよくわからなかった。しかし、あの帽子はシルクハットだろう。男はマフラーをして、黒いロングコートを着ていた。

問題は、男の顔だった。

目だ。

一つしかない。

そうではなくて、目しかない。

一つの目。

それが男の顔だった。

目玉じゃない。あくまでも目だ。飛《とび》の見間違いでなければ、男の顔、一つ目は、まばたきをした。瞼《まぶた》のようなものがある、ということだ。

一つ目の男は鞄《かばん》か何かを肩に掛けていた。それ以外に持ち物はなさそうだった。少なくとも、銃を手にしてはいなかった。兄と飛を追いかけていた連中じゃない。あの一味ではないような気がした。何しろ、一つ目だ。

あるいは、もっと危険な、恐ろしい、得体の知れないものなのかもしれない。何と言っても、一つ目なのだから。

一つ目の男はおもむろに鞄を肩から外すと、それを飛に向かって差しだした。受けとれ、とでも言いたげな振る舞いだった。

飛はとっさに首を横に振った。一つ目の男は見るからに怪しいし、その鞄にも見覚えがない。そんなもの、おいそれとは受けとれない。

やがて一つ目の男はわずかに顔を伏せた。それから、身を屈《かが》めて地べたにそっと鞄《かばん》を置いた。

鞄。

たぶん、鞄だ。

ストラップがついていて、肩に掛けたり背負ったりできる。大きな鞄だ。

飛《とび》はしばらくその鞄を見つめていた。

気がつくと、一つ目の男はいなくなっていた。どこにもいない。消えてしまった。まるで一つ目の男なんて最初からいなかったかのようだ。

でも、いなかったことにはできない。

証拠がある。

あの鞄が残されていた。

一つ目の男が置いていった物だ。

「あいつのせいで……」

飛は急に泣きたくなった。

あいつの、あの一つ目の男のせいだ。あいつがドアを開けたせいで、飛はつい外に出てしまった。兄が戻ってくるまで待っていないといけなかったのに。一つ目の男のせいで、飛は兄との約束を破ってしまった。

もともと飛は泣き虫だった。たいした理由もないのに、よく泣いた。飛が泣きだすと、兄がぎゅっと抱きしめてくれた。兄は、泣くな、とは言わなかった。

『泣きな、飛。好きなだけ泣くといいよ』

兄の言葉を思いだしたら、なぜか涙が引いた。

あれ以来、飛は一度も泣いていない。

迷ったあげく、飛は一つ目の男が残していった鞄に手をのばした。持ってみたら、サイズのわりに軽かった。あの頃まだ五歳だった飛でも、一つ目の男がしていたようにストラップを左肩に掛けて背負うことができた。

不思議とひとりぼっちじゃないような気がした。

赤い染みは路地の外のほうへと続いていた。

「お兄ちゃんは、怪我《けが》してるんだ」

飛は確信していた。

染みは兄の血だ。

兄は一人で追っ手を撒《ま》くつもりだったのかもしれない。きっと安全を確保してから戻ってくるつもりだった。でも、何かあって戻ってこられなかった。

それなら、飛が兄のところへ行けばいい。

「捜さないと――」

＃1／
水平に落下するペイン
horizontal falling down

ああ、かぶとむしや、たくさんの羽虫が、毎晩僕に殺される。そしてそのただ一つの僕がこんどは鷹に殺される。それがこんなにつらいのだ。ああ、つらい、つらい。僕はもう虫をたべないで餓えて死のう。いやその前にもう鷹が僕を殺すだろう。

——『よだかの星』宮沢賢治

＃1-1_otogiri_tobi/ 花はどうして咲くの

　校門の前で黒縁眼鏡《めがね》の教員が声をかけてきた。弟切飛《とび》は教員を一瞥《いちべつ》しただけで素通りした。黒縁眼鏡の教員はもう一度、「弟切ぃ……」と呻《うめ》くように言った。

「弟切《おとぎり》ぃ……」

「凝りねえな、あの教師」

　バックパックが、ケケッ、と笑う。

「仕事なんだろ」

　飛は小声で返した。

　あの教員は入学以来、何度となく飛に生活指導を行ってきた。学級担任でも教科担任でもないから、飛はあの教員の名前すら知らない。

「やれ鞄《かばん》が学校指定のやつじゃねえだの、やれ靴下が派手だの、やれ前髪が眉にかかってるだの——何だって学校ってのは、人間を型に嵌《は》めたがるのかね？」

　バクがぶつくさ言っている。飛は無視して校舎に入った。靴箱で靴を履き替える。

「覚えてるか、飛？　もう一年以上前か。あの教師があんまり毎朝、髪がどうだとか因縁つけてくるもんだから、おまえ……」

「さあ。忘れた」

飛《とび》は階段を上がって二年三組の教室に入った。飛の席は窓際の前から三番目だ。バクを机の上に置いて椅子に座る。飛はバクに突っ伏した。

「登校するなり朝寝か？　話し相手もいねえし、暇だよな。友だちの一人や二人、作ればいいじゃねえか」

「バクおまえ、うるさい……」

「おいおい気をつけろよ、飛。独り言を言ってるやべえヤツになっちまうぞ」

「っ――」

飛は極限まで声を落として言った。

「……そもそも、周りに聞こえるような声、出してないし」

「いいんじゃねえか、聞こえても。なんかそれきっかけで話しかけられたりするかもな」

「……かえって迷惑だ」

「はぁん。あれか？　友だちがいない孤独な自分、カッコイイとでも思ってんだろ？」

「……思ってない」

「いいや、思ってるね。知ってるか、飛？　そういうのな、ナルシシズムっていうんだぜ。日本語で言えば、自己陶酔ってやつだな」

「……勝手に言ってろ」

「おう。じゃ、そうさせてもらうか。黙ってても暇だからな」

「…………」

「言っとくが、おまえが黙ってればそのうちオレも黙るだろ——みたいに考えてるんだとしたら、そいつは大間違いだぜ」

バクが、ケッケッ、と嘲笑する。

「おまえが生きてる限り、オレは黙らねえ。忘れるんじゃねえぞ、飛。おまえとオレは運命共同体。一心同体なんだからな」

忘れないよ。

口には出さずに飛は呟《つぶや》いた。

忘れたことなんか、ない。

「……まあ。たとえば、バク《おまえ》を火にくべて灰になるまで焼いたら、どうなるんだろ、とか。そんなことは、たまに考えるけど……」

「おい、聞こえてんぞ？」

「……空耳じゃない？」

「オレのどこに耳がついてんだよ」

「……さあ」

「てか、オレの聴覚ってどうなってんだ？」

「……知らないって」

「冷てえな。冷てえやつだな、おまえは。ハートが零下だな。凍るわ」

本当に凍ればいいのに。飛《とび》は心の中でそう念じるだけにとどめた。言ったら火に油を注ぐようなものだ。バクの戯言《たわごと》は聞き流すに限る。わかっているのだが、つい反応してしまう。修行が足りない。

「……何の修行だよ」

飛は早食いだ。給食なんか秒で平らげてしまう。秒は言いすぎか。でも、パン以外は胃の中に瞬間移動させるような勢いで一気に食べてしまう。そしてさっさと片づけ、パンを持って教室を出る。給食の主食がパンじゃない、白米や麺類の時は、何も持たずに教室をあとにする。

最初のうちは、担任に「ちょちょちょ弟切《おとぎり》……」という感じで呼び止められたが、無視しているうちに何も言われなくなった。

今日はパンの日だった。しかも、バターロールだ。

飛はバクを背負って早足で廊下を歩いた。

「好きだもんな、飛。バターロール」

「は？　べつに好きじゃないけど？」

「嘘《うそ》つけ。足どりが軽すぎなんだよ」

「……嫌いじゃないけど。僕は好き嫌い、とくにないし」

廊下は無人だ。中学生たちはまだ教室で行儀よく給食を食べている。それでも念のため、飛は声量を抑えていた。

「飛ィ。おまえは昔っから、ご飯よりパン派なんだよな」

「どっちでもいい派だよ」

「肉より魚派だろ？」

「マジどっちでもいい……」

「んじゃ、きなこと餡《あん》だったら？」

「それは餡」

「ま、餡か。即答かよ」

「……粉っぽいの苦手だし」

「わかる。いや、わかるかァ！　オレを何だと思ってやがる。バックパックだぞ。餡もきなこも食ったことねえわ」

「知らないって……」

「そんな言《い》い種《ぐさ》があるか？　オレとおまえの仲じゃねえか。……どんな仲なんだ？」

「それこそ知らないし……」

「腐れ縁ってやつかな。うん」

「あぁ。そんな感じかも」

「腐ってんのかよ、オレらを結ぶ縁。もっといい言い方はねえのか？」

「バクが言ったんだろ」

「そこは訂正しろよ。違うって言っとけ。寂しいだろうが」

「寂しいんだ……」

「ちょっとだけな？」

飛《とび》は中庭に出た。今日は晴れている。中庭には芝生やベンチ、花壇などがあって、昼休みはそれなりに賑《にぎ》わう場所だ。でも、まだ誰もいない。がらんとしている。

「またやるつもりかァ？」

バクが呆《あき》れたような口調で言う。

飛は校舎の外壁に据え付けられているパイプに右手の中指と薬指をかけた。正確には、パイプを固定している金具だ。

別の金具や、パイプと外壁の間、外壁の溝に手指や靴の爪先を引っかけて、するするとよじ登ってゆく。

「まったくよォ。馬鹿と煙は何とやら、だぜ……」

バクにからかわれても、飛はかまわない。あっという間に三階建ての屋上に達して、今日は悪くなかった、と思う。迷ったり詰まったりすることが一度もなく、スムースだった。登るルートがよかったのかもしれない。

実は校舎内からも屋上に出られる。もっとも、たぶん防犯と危険防止のためだろう。屋上の出入口は施錠されている。

鍵を手に入れなければ、こうやって登らないと屋上には上がれない。

ここまでして屋上に上がる者は、飛が知る範囲では誰もいない。飛だけだ。

屋上は平べったい。コンクリート打ちっぱなしだ。外周の部分に低い立ち上がり壁がある。パラペット、というらしい。

飛はバクを下ろして足許《あしもと》に置き、パラペットに腰かけた。ビニールの包装を破って、中からバターロールを出す。ひと齧《かじ》りし、目をつぶった。

「うめえか、飛？」

「……べつに。普通だけど？」

「素直にうまいって言やあいいだろうに。ひねくれてやがんな、おまえは」

「あぁ、うまい、うまい、うまい、うまい、うまい、うまい、うまい、うまい、うまい」

「何回も言うんじゃねえよ。なんか嘘《うそ》くせえ……」

「だから普通なんだって」

「コッペパンとバターロールだったらどっちがいい？」

「バターロール」

「ほらな？」

「……何が、ほらな、なんだよ」

「説明が必要か？」

飛《とび》はバターロールを三口で食べてしまうと、薄い色の空と切れ切れの雲を眺めた。すぐに飽きてしまい、振り返って校舎を見た。

飛が通う中学校の校舎はコの字形をしていて、凹《へこ》んだ部分に中庭がある。飛がいるのは特別教室棟の屋上で、向かいは教室棟だ。教室棟の一階には三年生、二階は二年生、三階には一年生の教室が並んでいる。

昼食時間の終わりを告げるチャイムが鳴った。昼休みが始まって、中庭に面している教室棟の廊下に次々と生徒たちが出てきた。

十人に一人くらい、もっと少ないだろうか、頭や肩の上に奇妙なものを乗っけた生徒がたまにいる。

見かけても、飛はいちいち、何だあれ、と首をひねったりはしない。

たとえば、二階の廊下を三人の女子生徒が連れ立って歩いている。名前までは覚えていないが、三人とも飛と同じ二年三組の生徒だ。

そのうちの一人、真ん中の女子生徒の背中に、コウモリのような、あるいはモモンガにも似た生き物がしがみついている。

彼女がああいう変わったペットを飼っていて、溺愛するあまり学校に連れてきている、という可能性もないとは言いきれない。

ただし、飛があの生き物を目撃したのはこれが初めてじゃない。教室でも見た。というか、あの生き物はいつも彼女にひっついている。

それなのに、教師だろうと生徒だろうと、誰もあの生き物のことを話題にしない。

どうやら、彼女自身、あの生き物の存在に気づいていないようだ。

「変だよな」

飛はぽつりと呟《つぶや》いた。

「あ？」

バクが即座に返した。

「何が変なんだよ」

「いや、べつに」

「べつに、じゃねえだろ。変だって言ったじゃねえか。はっきり言ったぞ。完全に聞こえたからな。で？　何が変だって？」

「……まあ、しいて言えば、バクかな」

「ハァ？　オレのどこが変なんだ」

「自覚ないの？」

「きみ！」

「え――」

飛《とび》は中庭に目を落とした。きみ、と大声で呼びかけてきたのはバクじゃない。

作業着姿の男性が飛を見上げている。この学校の用務員だ。

「……僕？」

飛が自分を指さしてみせると、用務員は「きみだよ！」叫んだ。

「どう考えてもきみでしょ！　だって、きみ以外にいないじゃない！」

「あぁ……まあ、そっすね」

「そっすね、じゃないよ……！」

彼はたいていの教員より若そうだ。顔の造り自体がそうなのかもしれないが、いつも笑顔で無駄に愛想がいい。校内で顔を合わせるたびに挨拶してきて、鬱陶しいから飛は無視しているのに、それでも懲りずに声をかけてくる。

「あのね、弟切《おときり》くん、屋上は立入禁止なんだよ、わかってる⁉　ていうか前からだよね、時々いるよね、屋上に！　それ不思議だったんだけど、どうやって上がってるの⁉　鍵は閉まってるよね！　私、まめに確認してるよ！　ひょっとして合鍵でも持ってるの⁉」

「合鍵なんて持ってないけど」

「だよね！　勝手に合鍵とか作ったりしてたら、大問題だからね！　とにかく、すぐに下りて！」

「飛び降りろってこと？」

「そんなわけないでしょ!?　違うよ、絶対、違うからね!?　ああもういいや、弟切《おとぎり》くん、そこにいて！　色々訊《き》きたいこともあるし、私が行くから！」

用務員は校舎に向かって走りだした。職員室に寄って鍵を持ってくるか何かして、階段経由で屋上に来るつもりなのだろう。

「どうすんだ、飛ィ？」

バクが半笑いで尋ねてきた。

「どうするも何も――」

飛はバクを担ぎ上げた。

「待たないよ。めんどくさいし」

「だよな」

「わりと気に入ってたんだけどな、ここ……」

飛はため息をつくと、パラペットをまたいだ。飛が外壁伝いに中庭に下りるのに、所要時間はせいぜい十秒。当然、用務員が屋上に到着する頃、飛はそこにいない。

放課後、飛《とび》は担任の針本《はりもと》先生に呼びだされ、職員室で椅子に座らされて指導を受けた。その指導とやらの具体的な内容はよくわからない。主に屋上の件なのだろうが、飛は針本の言うことをほぼ全部聞き流した。あくまでも全部じゃない。ほぼ全部だ。

「聞いてるのか、弟切《おとぎり》。返事をしなさい」

針本は数分に一度、そう確認した。その時だけ飛は「はい」とか「聞いてます」と答えることにしていた。

針本は四十歳前後で、堅苦しい行事でもない限りは赤いジャージを着ている。ハリモトという名字と、短い髪を逆立てて整髪料で固めていることから、陰で「ハリネズミ」、もしくは親しみをこめて「ハリー」と呼ばれているようだ。

「先生だってな、こんなふうに口うるさく注意したくないんだ。だけどな、弟切。最低限、最低限だぞ。社会には、守らないといけないルールってものがあってな――」

ようやく針本の指導が終わって職員室を出ると、もう午後四時半を過ぎていた。

「ケッ！」

バクがいまいましそうにぼやいた。

「話がクソ長くてまどろっこしいんだよ、ハリーの野郎。黙ってるのも疲れたぜ」

「ハリーとか呼ぶなよ……」

　飛は早足で学校を出た。とくに急いでいるわけではないが、のんびり歩くという習慣が飛にはない。大股でゆっくりめに歩くか、せかせか早歩きするか。基本的にはそのどちらかだ。

「歩き方。競歩か」

　バクにツッコまれて、思わず飛は校門の手前で足をゆるめた。

「……うるさいな」

「せっかちなんだよ、おまえは。もっと余裕を持って、悠然と生きたらどうだ？」

「だから、うるさいって……」

　飛は腕時計を見た。施設までは飛の足だと徒歩で十五分。門限まであと一時間ない。針本の指導のせいで、残りの自由時間は四十分ほどだ。昔、飛が住んでいた地区まではバスに乗ってもここから二十分はかかる。

「……今日は無理か」

　むしゃくしゃしたところに、ちょうど校門があった。

　校門の高さは二メートル足らずだ。よじ登るのは簡単だが、それでは気が晴れない。飛はタイル張りの校門を蹴って、その勢いで跳び上がった。

「――っし」

思わず飛《とび》は小さくガッツポーズをしてしまった。狙いどおり、手を使わないで校門の上に立つことができた。うまくいった。

「飛イ、あのよォ？　社会には、守らなきゃならねえ最低限のルールってもんがな？」

バクが笑いながら針本《はりもと》の説教を引用した。飛は言い返そうとしたが、何を言おうとしたのか忘れてしまった。

校門の向こう側に女子生徒がいた。飛を見上げている。

「あ……」

長い髪を団子状に結んでいて、くっきりした目鼻立ちの、見覚えがある女子だった。というか、同級生だ。

飛にしてはめずらしいことに、名前も記憶している。ちょっと個性的な姓名だから、一度、字面《じづら》を見ただけで覚えてしまった。

名字は白玉《しらたま》だ。

下の名前もやや独特で、龍の子と書いて、りゅうこ、と読む。

白玉龍子《りゅうこ》はびっくりしているのか、何回もまばたきをした。

飛だって驚いている。なぜこんなところに白玉が。校門付近にはひとけがなかった。てっきり誰もいないものだと、飛は勝手に思いこんでいた。人がいたのか。しかも、よりにもよって同じクラスの女子が。

飛は口の中に空気をためて、唇をぎゅっと引き結んだ。

どうしよう。

バクは何も言ってこない。こういう時こそ何か言えよ。飛は心の底からそう思った。くだらないことでも、嘲りでも、つまらないギャグでもいいから、何か言ってくれよ。バクが口をきいたところで、飛にしか聞こえないわけだが。

白玉もどうして黙っているのか。

気まずい。

飛は初めて白玉をじっくり見た。くっきりした顔、という印象だったが、目や鼻、口が特別大きいわけじゃない。変に小さくもない。ひん曲がっていたり偏っていたりしない、どう言えばいいのか、整った形をしている。あるべき場所にあるべきものが収まっていて、いびつなところが一つもない。見ていられる。ずっと見ていても決して不快にならない。見飽きることのない造形だ。

だからというわけでもないのだが、飛は白玉と見つめあっていた。

にらめっこか何かでもしているかのように、目を逸《そ》らすことができない。

正直、飛は恥ずかしかった。だったらそっぽを向けばいいのに、なんとなくできない。

これは何なのだろう。

いったい何の時間なのか。

「こらぁー……！」

その時、遠くから誰かが声を張り上げた。あの用務員だ。

「校門から下りて！　ていうか、弟切《おとぎり》くん！　またきみじゃないかぁ……！」

用務員の怒鳴り声が呪縛を解いたかのようだった。飛《とび》は振り向いた。校舎の玄関前で用務員がホウキを振りかざしている。

「すいません」

飛が軽く頭を下げてみせると、用務員は跳び上がった。

「さっき針本《はりもと》先生に叱られたばっかりなのに、ちっとも反省してないだろ、きみ！」

「謝ってるのに……」

飛は校門から飛び降りた。用務員が追いかけてきそうな勢いだったので、駆け足で校門から離れた。

角を二つ曲がったところで振り返ると、誰もいなかった。飛は走るのをやめた。

「あの用務員、だる……」

「完全に目えつけられちまってるみたいだな」

バクが、クヘヘッ、と笑う。飛は顔をしかめた。

「勘弁して欲しいんだけど」

「オレじゃなくて、あいつに直接言やあいいだろ」

「何て言えばいいんだよ」

「そうだな。たとえば、天涯孤独の哀れな中学二年生が、非行に走らないで健気《けなげ》にがんばって生きてるだけなんで、どうか放っといてください、とか？」

「自分のこと哀れとか、僕、思ってないんだけど」

「方便じゃねえか。天涯孤独ってだけで十分哀れに見えるもんだぜ？」

「だいたい、天涯孤独じゃないし」

「あァ？」

「僕には兄さんがいる」

飛が兄を持ちだすとバクはだいたい口をつぐむ。バクは飛の兄を知らない。飛がバクと出会ったのは、兄と別れ別れになってからだ。

腕時計を見ると、午後四時四十分だった。施設には門限の五時半ぎりぎりに着けばいい。飛は少し寄り道をすることにした。

寄り道といっても、飛の場合、遠回りをしてひたすら歩くだけだ。なるべく金を遣いたくない。そもそも、無駄遣いできるほど金を持っていない。

飛が入所している施設は、中学生だと月に三千円の小遣いが支給される。三千円が多いのか少ないのか、飛にはよくわからない。ただ、たまにバスに乗ると片道二百二十円、往復で四百四十円が一気に吹っ飛ぶ。

金はあっという間になくなってしまう。いざという時、持ちあわせがないと困る。困りたくなければ、できるだけ金を遣わないことだ。

そんなわけで、飛《とび》はハンバーガーショップやドーナツショップには一度も行ったことがない。うっかり余計な物を買ってしまいそうだから、コンビニにもなるべく入らないようにしている。

歩くのは嫌いじゃない。

周りに人がいない状況限定だが、バクという話し相手もいる。

少なくとも、退屈ではない。

「オレは暇だけどな」

バクはたまに飛の心を読んだようなことを言う。

「基本、おまえに担がれてるだけだし」

「ぶん投げてやろうか？」

「間違ってもそんなことするんじゃねえぞ？」

「空を飛んだら、楽しいかもしれないだろ」

「あのなァ。投げられんのを飛ぶとは言わねえんだよ。飛のくせに、飛ぶって言葉の意味も知らねえのか？　今度、辞書で調べてみろ。今度っつうか今日、調べろ。飛ぶのところに、ぶん投げられるなんて載ってねえから」

飛は街路から小道に入ってまた街路に出た。ここは曲がったことがないかも、と思ったところで曲がってみる。でも、勘違いだったようで知っている道だった。学校の周辺はもう一年以上、歩き回っている。足を踏み入れたことがない道は、たぶんほとんどない。

飛が通う中学校は往来町《おうらいちょう》という地区に、施設はその隣の浅川町《あさかわちょう》という地区にある。浅川町には、その名のとおり浅川という名の川が流れている。川幅は広いが、雨などで水位が上がっている時でなければ、歩いて渡れるくらい水深が浅い。

「しかしよォ、飛、安易なネーミングだと思わねえか？　浅い川だから浅川って……」

「わかりやすくていいだろ」

「情緒ってもんがな」

飛は生意気にも情緒を語るバックパックを担いで浅川の土手を歩いた。

浅川の河川敷にはテント村がある。テント村と呼んでいるだけで、キャンプで使うようなテントは少ない。実際はビニールシートや廃材で作られた掘っ立て小屋だらけだ。浅川デン、という異名もある。デンは巣穴、根城、巣窟《そうくつ》を意味する言葉らしい。

浅川のテント村には近づかないように。

地域の子供たちはそう教えられる。小学校でも中学校でも施設でも、大人たちはみんなそう言う。あそこは危ないから、と言い含められることもある。飛もテント村、浅川デンに入りこんだことはない。時折こうして土手から眺めるくらいだ。

べつに怖そうな場所でもない。浅川《あさかわ》デンの住人たちは、おそらく裕福ではないのだろう。身なりがよくない人もいる。でも、ちゃんとした人だっている。

以前、門限を破って夜にこのあたりを歩いていたら、浅川デンの住人たちがドラム缶の焚《た》き火《び》を囲んでいた。彼らの暮らしぶりは知らない。でも、笑い声が聞こえた。彼らは何か料理をしていて、食べたり飲んだりしながら、楽しげに語らっていた。

楽しそうにしている人たちが、飛《とび》は少し苦手だ。

遠くから見ているぶんにはいい。ただ、あまり近づきたくはない。

「飛、おまえのコミュ障な。治したほうがいいぞ」

「そんなのじゃないし」

「本気で言ってんのか、それ？」

「人といると、なんか疲れるってだけ」

「疲れようが何だろうが、人間は社会的動物ってやつなんだからよ。一人で生きてくわけにはいかねえだろ。ちっとは辛抱することを覚えなきゃな」

「バクがまともっぽいこと言ってる……」

「オレは、その気になりゃあまっとうな話もできる、すげえバックパックなんだよ」

「バクのくせに……」

浅川は北から南へと流れている。飛は沈みかけの西日に背を向け、浅川に架かっている橋を渡りはじめた。

車道は混みつつあるものの、歩道はさっぱりだ。飛はひょいと橋の欄干に上がった。

「まァーたおまえはそういう……」

バクが呆《あき》れたように言った。飛はかまわず欄干の上を歩いた。

歩道より風を感じる。たまに飛の体が煽《あお》られて揺れると、バクが大袈裟《おおげさ》に「うおっ」と声を出した。

「落ちないって」

「どうだかな。油断大敵って言葉を知らねえのか？」

「それくらい知ってる。だけど、油断なんかしてないし」

「慣れてるから平気だって、高をくくってんだろ。あのな、怖えんだぞ、慣れってのは。自分は大丈夫だと思ってるやつに限って、事故るんだ」

「なんでそんなに慎重なんだよ。バクなのに……」

「慎重っていうかな。オレは生まれつき思慮深いんだよ」

「生まれつきなんだ……」

「悪いか？」

「べつに悪くはないけど。バクって、どうやって生まれたのかなって」

「あぁ？　そいつはおまえ――……」

　バクは、んんん、と唸《うな》って考えこんだ。

　飛《とび》はあの男のことを覚えている。背の高い、シルクハットを被《かぶ》った一つ目の男。あの男が飛の前にバックパックを置いていった。でも、バクはしゃべりだす前のことはよくわからないようだ。

　飛は立ち止まって川のほうに向きなおった。欄干に腰を下ろすと、踏みしめる場所を失った両足の靴が脱げてしまいそうな感覚に襲われた。

「おい、飛。ここでそんなことしてたら、今から飛び降りようとしてるヤツみたいに思われるぞ」

「飛び降りないし。落ちたって、下、川だし。泳げるし」

「でも、浅いからな。浅川《あさかわ》だけに」

「大丈夫だよ」

「気をつけろよ？」

「うん」

　飛はうなずきながら体を前後に揺すった。バクが騒いだ。

「おーい！　こら飛ッ、気をつけろって言ってるそばからおまえ……！」

「これくらいで落ちたりしないって」

「わかんねえだろ⁉　そういうのがまさしく油断なんだよ！」

「油断じゃないよ。わざとだし」

「そうか。わざとか。わざとかよ。わざとやるんじゃねえ。やるなよ。絶対、やるな」

「やるなって言われるとな……」

「フリじゃねえぞ。もういい。くだらねえことしてねえで、さっさと帰ろうぜ」

「えぇ……」

「どうせ、そろそろ門限じゃねえか」

「まあ、そうだけど」

「帰りたくねえのか？」

飛は聞こえなかったふりをしてバクの問いに答えなかった。

バクが、ケケッ、と笑う。

「好きになれねえんだろ、あの施設が」

「べつに……好きとか嫌いとか」

「他の入所者《やつら》は、何だかんだ言って、一応、施設をウチって呼んでるが、おまえは違うよな。施設を自分の家だとは思ってねえ。どうしても思えねえんだろ」

飛は両脚をぶらぶらさせた。いつの間にか、かなり背中を丸めて下を向いていた。背筋をのばそうという気にはなれない。前も、上も、向きたくない。

「……施設がどうとかじゃなくて、ただ――」

「ただ？」

「合わないだけだよ」

「へえ。何と？」

「人」

「ようするに、人間嫌いってやつか」

「嫌いなわけじゃない。合わないだけ。そう言ってるだろ」

「めんどくせえ野郎だな」

「うるさいって……」

「ところで、飛《とび》」

「ん？」

「気づいてっか？」

「何に？」

「いるぞ」

「は？　何が？」

「そこだよ」

「どこ？」

飛は顔を上げた。

右を見て、左を見た。

飛から一メートルほどしか離れていないところに――もちろん欄干の上ではなくて、欄干の下、浅川橋《あさかわ》の歩道に、女子生徒が立っていた。

その女子生徒は飛が通う中学校の制服を着ている。やけにくっきりした顔だ。長い髪を団子状に結んでいる。

「……え――」

おかしなこともあるものだ。

以前、似たような出来事があった。以前というか少し前、ついさっきだ。

白玉龍子《しらたまりゅうこ》が飛を凝視している。目を見開いているわけじゃないが、対象をしっかりと捉え、縛りつけようとしているかのような眼差《まなざ》しだ。その対象というのが飛だった。

昔、飛がもっと幼かった頃、施設の先生に、ちゃんと目を見て話しなさい、と注意されたことがある。飛は言われたとおり先生の目を見た。するとなぜか、先生のほうが飛の目を見ていなかった。先生は飛の鼻や口のあたりを見ていた。

相手の目をまっすぐ見るのは、なんだか気が引ける。

施設にあった何かの本に、猫は人間と目を合わせるのを嫌がる、と書かれていた。たいていの場合、無遠慮な視線は敵意の表れだ。

　でも、白玉龍子《しらたまりゅうこ》は、ただ飛《とび》を観察しているようだ。よっぽど飛という生き物がものめずらしいのか。飛がどういう形をしていて、どんな生態なのか、詳しく調べようとしている。そういう目つきだ。

　何、この人。

　さっきもいた。

　また、いる。

　単なる偶然なのか。ありえないとは言いきれないが、不思議ではある。奇妙な話だ。というか、むしろ怖い。

　飛は逃げたかった。欄干の上に座っていなければ、脇目も振らずに駆けだしたかもしれない。そうだ。逃げよう。立ち上がって、欄干を走ってもいいし、下りたっていい。逃げたければ今すぐにでも逃げられる。どうして飛はそうしないのだろう。飛自身、わからない。校門の時も同じだった。こうして白玉に見つめられていると、なぜだか目を逸《そ》らすことができない。

「あの」と飛が言ったのと同時に、白玉は「弟切《おとぎり》くん」と飛の名を呼んだ。

「うん」

　飛は思わずうなずいた。

「……え？　何？」

「わたしのこと、知っていますか？」

白玉はやはり飛を見つめたまま尋ねた。ずっとまばたきをしていない。目が乾いて痛くなったりしないのだろうか。無性にそんなことが気になった。

「知っ――てる……けど。白玉さんでしょ。同じクラスの。白玉、龍子」

「認識してたんだ。わたしのこと」

白玉はようやく二度、三度とまばたきをした。

それから顎をちょっと上げて両目を細め、唇の両端を微《かす》かに持ち上げた。

「よかった。他人には興味がないのかと」

「……興味は基本、ないけど」

「ないの？」

今度は目を丸くして口をすぼめる。表情が変わると、白玉は別の白玉になった。それでいて、彼女は彼女だった。

「じゃ、なんでわたしのことを知っているの？」

「それは……名前がちょっと変わってるし？」

「白玉と龍子の組み合わせなので、よく言われます。ただ、弟切くんもわたしと同じくらいか、もっとめずらしい」

「そう……かな。まあ――」

「飛《とび》ィ」

バクが、ヒッ、ヒッ、と笑う。

「めずらしいって言やあ、おまえが学校のお友だちと口きいてるってのも、そうとうめずらしいことだよな？」

お友だちとかじゃないし。飛はとっさに言い返しそうになった。でも、バクはわざとそんな言い方をして飛をからかっているのだろう。それに、白玉《しらたま》の前でバックパックに黙れと怒鳴るわけにもいかない。

「たしかに僕の名前も、よくあるってほどじゃ――」

飛はふと、おかしなことに気づいた。

白玉が飛を見ていない。飛のほうに目を向けてはいるものの、その視線は飛に注がれてはいない。白玉は何を見ているのか。

飛が左肩にストラップを掛けて背負っているバックパックだ。白玉はバクを見ている。

「……どうした、飛？」

バクが怪訝《けげん》そうな声を出した。

飛は答えずにバクを背負い直して体に引き寄せ、密着させた。

「よく、ある……名前じゃ……ていうか……え？　何……？　どうか――した……？」

白玉は返事をしない。じっとバクを見つめている。

「なッ――」

バクもうろたえはじめた。

「な、何だ、こ、この女？　ま、まさか、オレのこと……」

「わたしね」

白玉《しらたま》が口を開いた。まだバクから目を離そうとしない。

「弟切《おとぎり》くんと話したくて。それで、待ち伏せを」

「……まちぶせ」

飛《とび》は一瞬、何のことかわからなかった。あらためて思い返すと理解できた。

「あぁ……さっき、校門のとこで？」

「はい」

白玉は飛を見ずに首肯した。

「でも、灰崎《はいざき》さんに怒られて走っていっちゃったので、追いかけてきたんです」

「……灰崎さん？」

「わたしたちの学校の用務員さん」

「あの人、そんな名前なんだ。灰崎……」

「灰崎さんは、誰に対しても挨拶を欠かさないし、気軽に雑談に応じてくれたりもして。とても親しみやすい人で」

「へぇ……」

飛としては、どうでもいい。用務員の名前とか、人柄とか。まるで関心がない。そんなことよりも、どうして白玉は飛を待ち伏せしたりしたのか。なぜわざわざ追いかけてきたのだろう。話したいこととは何なのか。それから、白玉は依然としてバクを見つめている。そのことのほうが飛は気になって仕方ない。

「——で……白玉さん、僕に、何か……用事でも？」

「用事もなく、待ち伏せしたり、ここまで追いかけてきたりしません」

白玉はやっとバクではなく飛を見て、微笑《ほほえ》んだ。

飛は顔を伏せた。つい、うつむいてしまった。何もうつむくことはない。飛は上目遣いで盗み見るように白玉の様子をうかがった。

「その」

白玉は右手を持ち上げて指さした。

「バックについて」

「……えっ——バク……？」

「ばく」

白玉はそう言って小首を傾《かし》げた。

「バック？　バク？　鞄《かばん》だから、ビーエージー。正しくは、バッグ？」

「あぁ……や、僕、英語は、そんなに……」

飛《とび》がバクをバクと呼ぶようになったのは、バクがバックパックだと名乗ったからだ。

ずいぶん前のことだし、細かいやりとりは覚えていない。でも、たしか飛が『何なんだおまえ』と訊《き》いて、バクが『オレはバックパックだ』と答えた。あるいは、『バックパック様だ』だったかもしれない。とにかく、バックパックは長くて少々言いづらいから、縮めてバクと呼ぶようになった。

「……僕のバク、いや――バックパック……バッグか。えっと、だから、僕のバック……じゃなくて、バク……うっ。ぼ、僕の鞄《かばん》が、どうかした……？」

「弟切《おとぎり》くんは、よくその鞄としゃべっているでしょう」

「鞄と――」

飛は危うく欄干から落っこちそうになった。

「か、か、鞄と？　僕が？　しゃ、しゃべってるって、えっ？　な、なんで？　そんな、しゃべって――ない、けど……？」

「弟切くんは腹話術が得意ですか？」

白玉《しらたま》は淡々と妙な質問をぶつけてきた。

「ふくわっ……」

飛は腹話術を試してみようとした。

待て。無理だ。というか、おかしい。いきなりやったこともない腹話術にチャレンジするなんて。どうせできないっこない。この場で試みる必要もない。

「……ないけど。腹話術の、経験とかは」

「それじゃ、弟切くんと会話している、弟切くん以外の声は誰のもの？」

「僕……以外の――」

「おい、飛ィ……」

バクが声をひそめて囁《ささや》く。

「どうも聞こえちまってるみたいだぞ、オレの声。……そいつに、バレてやがる」

「その声」

白玉はこくっとうなずいた。

「正解。わたしにはバレてる」

マジか。飛はそう思っただけじゃない。

「……マジか」

口に出して呟《つぶや》いてしまった。

白玉は胸を張って、えらく整っている顔中を色とりどりの花で飾り立てるように、満開の笑みでいっぱいにした。

「まじです」

飛《とび》は部屋のベッドで仰向《あおむ》けになって文庫本を眺めていた。

本のタイトルは『アンドロイドは電気羊の夢を見るか?』。アメリカかどこかのSF小説を翻訳したものらしい。

施設のレクリエーションルームには三台のスチールラックが設置されていて、退所者が寄贈した本が並べられている。入所者は自由に読んでいい。小中学生が好むような本は取り合いになるので、飛はもっぱら人気のない本を暇潰しに使っていた。

一応、本を読んでいるつもりだ。知らない単語があると辞書を引いたりもする。おかげで漢字はだいぶ覚えたが、どうしてか内容があまり頭に入ってこない。読み終えて少し経《た》つと、だいたい忘れてしまう。

飛は腕時計を見た。午後九時五十六分。施設の消灯時間は中学生だと午後十時だから、あと四分だ。

勉強したいとか適当な理由をつければ、消灯時間は延ばしてもらえる。かなりの入所者が常用している手だが、飛は使わない。

「そろそろおねむか、飛?」

床に置いているバクが、へへッ、と笑う。

「何だよ、おねむって。ガキじゃないんだから」

飛は文庫本を枕元に置いた。この部屋は本来、二人部屋なので、ベッドが二台ある。でも実質、飛の一人部屋だ。

一人にして欲しいと飛が頼んだことはない。二人部屋だったこともある。そのうち相手が嫌がって、職員に訴える。弟切《おとぎり》飛と一緒の部屋は耐えられない、と。

「オレから言わせりゃあ、中二なんざ、ガキ中のガキだぜ？」

飛はベッドから足を出して、バクを軽く踏んづけた。

「痛っ。やめろ飛おまえこらっ」

「バクなんか僕より年下だろ。てことは、もっとガキじゃないか」

「オレは例外なんだよ。特別っていうかな。格別なんだよ。むしろ、別格だな。おいっ。よせって飛、そんなに踏むな、形が崩れちまうだろ。どうしてくれる。こらっ……」

ひとしきり足蹴にしたら気がすんだので、飛はバクを踏むのをやめた。部屋の電気を消し、ふたたびベッドで横になる。

高校生の消灯時間は午後十一時だし、宿題や自習を名目に深夜まで寝つかない入所者もいる。壁やドアも決して厚くはない。施設の夜は静寂とは無縁だ。

飛はタオルケットを体に巻きつけて横向きになった。

「あの女のこと考えてんのか、飛《とび》？」

「まったく考えてない」

飛は舌打ちをしたくなった。

「バクが今言うまで、頭に浮かんでもいなかったよ」

「ホントかァ？　あやしいな」

「まじです」

なにげなく口をついて出た言葉だった。彼女のことを考えていたせいで出てきたわけでは決してない。

「……ほんとだって」

飛が言い直すと、バクは、クククッ、と笑った。

「妙な女だよな」

「女とか言うなよ」

「だって、女じゃねえか」

「そうだけどさ……」

「考えてたんだろ、アイツのこと。だいたい、あんなことがあったんだ。気になって当然だろうが」

「僕はべつに、全然気にならない」

「素直になれよ。それに、おまえが気にしなくたって、相手のほうが――」

「もう寝る。静かにしてくれない？」

「わかったよ、飛。眠れない夜にならなきゃいいな」

飛は目をつぶって、いびきをかく真似《まね》をしてみせた。バクはまた笑った。大きなお世話だ。飛は寝つきが悪いほうじゃない。すぐに眠れる。彼女のことを考えてなんかいない。考えたくないのに、どうしても考えてしまう。


「――折り入って、弟切《おとぎり》くんにお願いしたいことがあり、こういう機会を」

あのあと、白玉龍子《しらたまりゅうこ》はほんの少し顎を引いて、妙にあらたまった口調で切りだした。

「お友だちとして、わたしとお付き合いしてくれませんか」

「……は？」

飛はまず、問いかけの意味を理解しようとした。そもそも問いかけなのか。質問ではないような気がする。とにかく、白玉は飛に回答を求めていた。それだけは間違いない。

でも、何を答えればいいのだろう。

どうしてもわからなくて、飛は「えー」とか「あー」とか「んんー」といった声をむやみと繰り返した。

「あっ」

白玉《しらたま》は右手を口に当てた。

「突然のことで、困らせてしまっていたら、ごめんなさい。返事はすぐじゃなくてもかまわないので」

「あぁ……そう、なんだ」

「もちろん、すぐでも」

「や、それは——どうだろ……」

「のちほどのほうが？」

「……かな？」

「わかりました」

白玉は目をつぶって、ふぅっ、と息をついた。

「言えてよかった。すごく、どきどきしてしまいました」

飛《とび》も動悸《どうき》がしていた。なんだかひどい仕打ちを受けているように思えてならなかった。

「じゃあ、弟切《おとぎり》くん、また明日《あした》」

言うことを言ったらすっきりしたのか、白玉は別れを告げてお辞儀をすると、立つ鳥跡を濁さずとばかりに行ってしまった。

何なんだ、あの人。

飛がそう思ったのと同時に、バクが呟《つぶや》いた。

「いったい何なんだ、アレ……」


結局、その夜はあまりよく眠れなかった。

もちろん、白玉龍子《りゆうこ》のせいだ。

いきなり話しかけてきて、何事かと思ったら、おかしなことを言ってきた。

『お友だちとして、わたしとお付き合いしてくれませんか』

不意討ちを食らって、飛は当惑していた。さもなければ、あの場で何らかの答えを出していたのではないか。そんなふうにも考えた。たとえば、見知らぬ人に突然、一緒に踊りませんか、と誘われたら、答えはＮＯだ。断乎《だんこ》として拒否する。

断ればよかった。

いやです、と。

飛が即座に断らなかったのは、戸惑っていたからだ。

それに加えて、白玉の表現方法がちょっと微妙だった、というのもある。

『お友だちとして』

ここまではいい。その先だ。

『わたしとお付き合いしてくれませんか』

何かおかしくないだろうか。おかしいと思う飛《とび》がおかしいのか。ひょっとすると、考えすぎなのかもしれない。後半部分の『わたしとお付き合いしてくれませんか』だけだと、このお付き合いは特定の意味を帯びてくる。でも、前半部分を勝手になかったことにしてはいけない。白玉《しらたま》は『お友だちとして』と明言した。だとしたら、そのまま素直に解釈するべきだろう。

ようするに白玉は、ただ単に、友だちになろう、と言ってきた。

同級生相手なのに敬語が混じっていて、白玉の言葉遣いはやや特徴的だ。そこに惑わされないほうがいい。白玉はただ飛と友だちになりたいらしい。問題はそこだ。

弟切《おとぎり》飛と友だちに？

なんでまた？

それから、もっと大きな、かなり重大と言えそうな問題がある。

白玉龍子《りゆうこ》にはバクの声が聞こえている。

寝不足のまま登校すると、校門前で黒縁眼鏡《めがね》の教員に睨《にら》まれた。この教員はいつもやけにぴったりしたスーツを着ている。今朝はなんとなくぴったり黒縁眼鏡の教員に名を呼ばれたくない。飛は先手を打って、ぺこりと頭を下げてみた。

「おはようございます、先生」

「……お、おう。おはよう」

黒縁眼鏡の教員は明らかに鼻白んでいた。一年生の時から毎朝のように絡まれてきたのに、飛から挨拶をしただけで何も起こらない。ただ、おはよう、と言う。これが正解だったのか。

「どういう風の吹き回しだ？」

靴箱で靴を履き替えていたら、バクが訊いてきた。

「さあ。どんな風も吹いてないと思うけど」

「心境の変化ってやつか。そのきっかけが何なのか、だよな」

「大袈裟……」

上履きがちょっときつい。足が大きくなったのだろうか。体が成長すると服も合わなくなる。買い換えるのは痛い出費だ。

少し憂鬱な気分で教室に向かおうとしたら、靴箱の陰から髪の長い女子生徒がにゅっと顔を出した。飛は思わずあとずさりしてしまった。

「……し、白玉さん」

「おはよう、弟切くん」

またあの眼差しだ。白玉はまっすぐ、しげしげと飛を見つめている。

「……な、何？」

飛《とび》はうつむいて腕で顔の下半分を覆った。

「何か用？　朝っぱらから……」

「実は、ここで待ち伏せを」

「え……な、なんで？」

「昨日、わたし、言いませんでしたか？」

「……あぁ」

「返事が聞きたくて」

「そ——」

「そ？」

「れ……」

　唐突に、目を白黒させる、という言葉が飛の頭に浮かんだ。いつだったか辞書で引いた。あれは実際に目が白くなったり黒くなったりするのではなくて、目玉が激しく動くさまを指している。飛の眼球は今、やけに忙しく運動していた。目が回りそうだ。

　同じクラスの生徒が何人か靴箱にやってきて、靴を履き替えながら何か囁《ささや》きあっている。同級生たちは白玉《しらたま》と飛の動向をうかがっているようだ。何だ、何やってんだ、あいつら、みたいな感じだろうか。まったくだ。正直なところ、当の本人、飛自身も、何やってるんだろう僕たち、と思っている。

「おっ」

さらに、通りすがりの用務員が声をかけてきたものだから、状況が余計に複雑化して、いよいよ混沌《こんとん》としてきた。

「弟切《おとぎり》くん、おはよう。白玉さんはそこで何をしているの？」

「灰崎《はいざき》さん」

白玉は振り向いて用務員の姿を確認すると、丁寧にお辞儀をした。

「おはようございます。朝早くから、お仕事お疲れ様です」

「ありがとう」

灰崎は照れくさそうに笑った。ダンボールを抱えている。中身は何なのか。

何だっていい。飛は興味がない。

白玉は違うようだ。

「重そう。手伝いましょうか？」

「いやいや、とんでもない！」

灰崎は何回も首を横に振った。切れ長の目が真ん丸くなっている。

「いいよ、そんな。これが私の仕事だもの。私は勤務中で、白玉さんは学業のために学校に来ているわけだから」

「わたし、けっこう力持ちなんですよ」

白玉《しらたま》は右腕を持ち上げて直角に曲げてみせた。細い腕だ。細すぎる。あれで本当に力持ちなのか。飛《とび》にはとてもそうは思えない。話が噛《か》みあっていないような気もする。仮に白玉が怪力の持ち主だとしても関係ない。灰崎《はいざき》は業務の一環として荷物運びをしている。中学生の白玉が灰崎に力を貸す義務はない。灰崎はそういうことを言っているのだ。バクにコミュ障呼ばわりされている飛でも、そのくらいのことはわかる。

白玉龍子《りゅうこ》はちょっとやばい人なのかもしれない。

その可能性は、昨夜もちらちらと飛の脳裏をよぎった。

だいたい、まともな中学生は、弟切《おとぎり》飛のような同級生に友だちになろうなんて言ってきたりはしない。

他人に親近感を抱かれるようなタイプの人間じゃないことは、飛も自覚している。飛は明るくない。やさしくもない。面白くもない。説明しづらい過去がある。バクという、自分としか話せない相手がいたりもする。

それに、どうやら人には見えないものが、飛には見えるらしい。

自分以外にこういう者がいたら、飛はどう思うだろう。

やばい人だ、と見なすのではないか。

きっと弟切飛は、傍《はた》から見ると、やばい人、なのだ。

そんなやばい人と友だちになりたがる時点で、白玉龍子もかなりやばい。

逃げたくなってきた。猛烈に逃げだしたい。白玉は灰崎と話している。チャンスなのではないか。そうだ。今のうちに逃げよう。

飛はその場から離れようとした。足音を忍ばせたのに、気づかれてしまった。

「はっ」

白玉が飛の右腕を掴《つか》んだ。右手首に近いあたりだった。

「だめ。行かないで、弟切くん。せめて返事を」

「……あれ？」

灰崎が決まりが悪そうに顔面を引きつらせた。

「もしかして私、邪魔しちゃったのかな。ごめんね。失礼しました。いやはや、馬に蹴られて何とやらだよね……」

なぜここで馬が出てくるのか。何かの本で読んだ。たしかこんな言葉がある。人の恋路を邪魔するやつは、犬に喰《く》われて死ぬがいい。犬に、以下の部分が、馬に蹴られて死んじまえ、だったりもする。

どうも灰崎は何か勘違いしているらしい。訂正したほうがいいだろうか。どうでもいいか。それどころじゃない。白玉はまだ飛の腕を掴んでいる。

放してくれない？

飛は目で訴えてみた。

どうやら通じていないようだ。白玉《しらたま》は不思議そうに首をひねっている。不思議なのはこっちのほうだ。

仕方ない。飛《とび》は乱暴にならないように注意しつつ白玉の手を振りほどいた。

「……ええと。その話は、何だろ、まあ、歩きながら、とか……」

飛がおずおず提案すると、白玉はうなずいた。全力疾走で撒《ま》いてしまおうか。一瞬、そんなことも考えたが、やめておいた。白玉は飛の左隣に並んで歩いた。

「返事を聞かせて欲しいです」

「……もう？　早くない？」

「まだ考え中だった？」

「うーん……考え中っていうか、まあ、んん……」

「はっきりしねえやつだな」

バクがため息まじりに言った。

「はっきりしない人なの？」

白玉が訊《き》いた。

「ていうか、自分の考えとか気持ちなんかをちゃんと言語化する習慣がねえんだよな。もともと。人とほぼ話さねえし」

「あなたとは？」

「オレは別だけどよ。とはいえ、このオレに対しても、わかれ、察しろ、みたいなとこがあるぜ」

「阿吽《あうん》の呼吸を要求されるような？」

「そんな感じかねえ」

「……あのさ」

飛は額を拳でこつこつ叩《たた》いた。頭が痛くなってきた。

「普通にしゃべらないでくれる？　他の人にしてみたら、白玉さんがぶつぶつ独り言を言ってるようにしか聞こえないはずだし……」

「ごめんなさい、つい」

白玉はちょっと頭を下げてみせた。

「でも、わたしと弟切《おとぎり》くんが会話をしていると思うのでは？　もしくは、一方的にわたしが弟切くんに話しかけている」

「それはそれで奇妙だよ……」

「だったら、わたしとお話ししてください。それで万事解決」

「……話してるじゃないか」

「ところで、例の件への返事は？」

「だから、早いってば……」

飛《とび》は自分の姿勢が悪くなっていることに気づいた。廊下を行き交う生徒たちから注目を浴びているように思えてならない。

というか、確実に注目されている。白玉《しらたま》のせいだ。そうに決まっている。

「そもそもさ……」

「なんで?」

飛が訊《き》くと、白玉は目をぱちぱちさせた。

「なぜ、というと?」

「……僕と友だちになりたい、とか。その理由っていうか。動機?」

「それは、弟切《おとぎり》くんが弟切くんだから」

「は?　どういうこと……?」

「説明が必要でしょうか」

「できればね。僕にもわかるように、教えてもらえると……」

「わかるように」

白玉はうなずいてみせると、眉根を寄せて少し考えこんでから立ち止まった。

階段の途中だった。

飛は白玉に遅れて、一段多く上がったところで足を止めた。

白玉は飛を見上げている。しっかりと捉えて放そうとしない、例の眼差《まなざ》しだった。

「時間をいただけますか。よければ、今日のお昼休みにでも。この件については、人が寄りつかない場所でないと話せないの」

飛はこの目つきが苦手だ。無視できなくて困る。目を逸《そ》らすことができない。

「……いいけど。べつに」

そう答えるしかなかった。他にどうしろというのか。


昼食の時間が終わった直後の特別教室棟はひとけがない。飛は非常用の外階段で白玉と待ち合わせることにした。

二階と三階の中間にある踊り場で手すりに腰かけて待っていると、白玉が扉を開けて階段を上がってきた。

飛はちょっと奇異に感じた。白玉が鞄《かばん》を肩に掛けていたからだ。学校指定のスクールバッグとは違う。ポシェットというのだろうか。もっと小さい鞄だ。

「こんにちは」

白玉は踊り場まで上がってくると、丁寧に挨拶をした。

「あぁ……」

飛は曖昧にうなずいた。白玉はやけに礼儀正しくて、どうも面食らってしまう。

「で、何だっけ、その……動機？　白玉《しらたま》さんが、僕と友だちになりたい理由って」

「昔から、論より証拠と言うでしょう」

「……まあ、あるね。なんか、そういう言葉は」

「というわけで、連れてきました」

「連れて……？」

飛《とび》は顔をしかめた。見たところ、白玉は一人だ。誰も連れていない。

白玉はポシェットを持ち上げて開けた。

「出ておいで、チヌラーシャ」

ひょっとして、白玉はポシェットに向かって呼びかけたのか。だとしたら、控えめに言ってもなかなかの奇行だ。変わり者だとは思っていたが、ここまでとは想像していなかった。飛はむしろ白玉のことが心配になってきた。色々な意味で、大丈夫なのか。

あるいは、ポシェットの中に何か小動物的な生き物がいるのかもしれない。それはそれで非常識な問題行動だ。学校に小動物を連れてきてはいけない。飛でさえそんなことはわきまえている。でも、どうやら当たりらしい。

ポシェットの中から何かが這《は》い出《で》てきた。

「むっ……」

バクが小さく声を漏らした。

ほら。

小動物だ。

その生き物にとって、あのポシェットの中はさぞかし窮屈だっただろう。サイズ的にぎゅうぎゅう詰めになっていたに違いない。ただ、かなりもふもふしているので、一見、入れそうにないスペースにも意外と入っていられたりするのか。

猫だろうか。仔猫《こねこ》なのか。違うだろう。だろう、というか、違う。

その生き物には角が生えている。あたりまえだが、猫には角なんかない。

二本の角が生えている、小動物――

いる？

そんなの？

施設にある動物図鑑には載っていなかったと思う。飛は施設の行事で市内の動物園に何回か行ったことがある。角が生えた小さな動物を見た記憶はない。もっとも、飛が知らないだけで、広い世界のどこかにああいう小動物が棲息《せいそく》しているのかもしれない。もしくは、角のある生き物の子供だとか。

生き物はポシェットから出てくるなり、白玉の体をよじ登りはじめた。すばしっこい動作ではないが、たどたどしくはない。一応、慣れてはいるようだ。生き物は白玉の右肩の上まで到達すると、飛のほうに顔を向けた。

目は、あるのか、ないのか。見あたらない。毛に埋もれているのだろうか。

それなのに、眼差《まなざ》しのようなものを感じる。

「チヌ、ご挨拶して」

白玉《しらたま》が声をかけると、生き物は首を傾《かし》げた。頭を斜めに下げたのかもしれない。そして毛の合間から、ちっちゃな、とても小さい口をのぞかせた。

ゆー。

うゅー。

くちぅー。

飛《とび》にはそんなふうに聞こえた。生き物の鳴き声なのか。

「……どうも」

飛は思わずお辞儀をしてしまった。

白玉がチヌだかチヌラーシャだかの顎の下あたりを指先でこちょこちょっと撫《な》でた。

「いい子」

「おい、飛――」

バクが囁《ささや》いてきた。

「まさかおまえ、気づいてねえのか」

「……え。何が？」

「アレは普通じゃねえぞ」

「や、それは……めずらしい生き物っぽくはあるけど。角とかあるし」

「そういうことじゃねえ」

バクはだいぶイラついている。飛と話せることを除けば、バクは基本的に大きなバックパックでしかない。ただし、荒ぶると勝手に開くことがある。ファスナーが開くのとは違う。飛以外には見えていないらしいが、まるでファスナーの部分が口であるかのように開くのだ。

ちょうど今みたいに。

「わからねえのかよ、飛！　鈍いヤツだな、ちくしょうめ！」

バクは口をぱくぱくさせてしゃべっている。これはイラついているというより、動揺しているようだ。

「チヌは」

白玉は右肩をすくめるようにしてチヌに頬《ほお》ずりした。

「わたしにしか見えないの」

「……けど――」

見えている。

飛には、はっきりと。

チヌはずいぶん白玉《しらたま》に懐いているようだ。チヌのほうからも白玉の頬《ほお》に頭をすりつけて、気持ちよさそうにしている。ひゅるー、ゆぅー、うー、といった低い鳴き声を発しているというか、こらえきれずに漏れてしまっているかのようだ。チヌの角が白玉に当たっているが、痛そうではない。少なくとも、白玉は痛がっていない。あの角は突き刺さったりするほど硬くないのか。

「同類だ！」

バクが吐き捨てるように言った。ずいぶん不本意そうだ。それか、バクも受け止めきれていないのか。

「オレの声は飛《とび》、おまえにしか聞こえなかった。そして、チヌラーシャだかの姿は、白玉龍子《りゅうこ》にしか見えなかったんだよ。まったく同じとは言えねえが、似てるだろ！」

「……で――白玉さんにはバクの声が聞こえて、僕にはチヌが見える」

「そういうこった」

「ん？」

飛は眉をひそめた。額を拳で叩《たた》く。

「……だから、これって――どういうこと？　は……？　何が、どうなって……」

「実は、わたしにもさっぱり」

白玉は事もなげに言った。

「弟切《おとぎり》くんがバクちゃんと話していることには、前から気づいていました。わたしにはバクちゃんの声が聞こえたので。どうやら、わたしだけみたいだった。バクちゃんの声は、弟切くんとわたしにしか聞こえない。これは特別なことに違いないと思ったの」

「……特別――」

飛は力なく頭を振った。

「ていうか、異常なだけかも……」

「わたしと弟切くんだけが、異常なんですか？」

「まあ……僕と白玉さんだけがまともだって考えるよりは、ありえそうだし……」

「ていうかおい、白玉龍子！」

バクが、今度はちゃんと不本意そうに口を挟んできた。

「このオレをちゃん付けで呼ぶのはよせ！」

白玉はきょとんとしている。

「バクちゃん？」

「それだ、それ！　むず痒《がゆ》いっていうかな。しっくりこねえ。キモいんだよ！」

「ごめんなさい」

白玉が申し訳なさそうに眉を八の字にして頭を下げると、チヌも同じポーズをした。

かわいいな。

——と、一瞬、思ってしまった自分に、飛《とび》はぎょっとした。

ちなみに、かわいい、と感じたのは、あくまでチヌに対してだ。正確には、白玉《しらたま》とチヌが同時に同じことをした、その現象に対して、だろうか。

「それでは、バクさん？」

白玉が訊《き》くと、バクは「ええん！」と咳払《せきばら》いをした。

「さん付けもいまいちよろしくねえ。何なら、バクって呼ばせてやってもいいんだぜ？」

「なんで偉そうなんだよ……」

飛はバクを投げ捨てたくなった。バクは即座に反論してきた。

「どこが偉そうなんだよ。オレは呼び捨てオッケーって言ってんだぞ。むしろ、謙虚じゃねえか。なあ、白玉龍子《りゅうこ》？」

白玉はうなずいた。ついでに、チヌも。

「バクと呼ばせてもらうことにします」

「おう。いいぜ。オレは堅苦しいのが苦手だしな」

「バクもわたしのことを龍子と呼んでくれてかまいません」

「当然、そうなるわな。お龍《りゅう》とかでもいいかもしれねえぞ。うん。悪くねえ。どうよ？」

「べつにいやではないので、そこはバクのお好みで」

「だったら、お龍で決まりだな。お龍」

「はい」

「……どんどん仲よくなってる」

飛はバクを投げ捨てるより白玉に押しつけるべきなのかもしれない。

「おぉ？　何だァ？　嫉妬してんのか、飛ィ？」

バクが、ケケケッ、と笑う。

「心配するなよ。お龍が現れたからって、オレとおまえの関係が変わるわけじゃねえ」

「僕とバクの……腐れ縁？」

「だから、腐らすな！」

「じゃ、どういう関係なんだよ……」

「言葉にするのは野暮《やぼ》ってもんだがな。あえて言うなら、相棒ってとこか？」

「わたしとチヌラーシャも相棒みたいなもの」

白玉は笑みを浮かべて、「ね」とチヌと顔を見あわせた。

「バクのように話すことはできないけれど、わたしのそばにいてくれる。わたしとチヌはずっと一緒だったの」

「……疑問なんだけどさ。もし僕にチヌが見えなかったら、白玉さん、いったいどうするつもりだったの？」

「その時は、きっと――」

白玉《しらたま》は唇をすぼめたり曲げたり、頬《ほお》を少し膨らませたりした。

「微妙としか言いようがない状況になっていたと思います。目には見えない小さな生き物を、さもそこにいるかのように振る舞っている、哀れな女子中学生……」

「よかったね、僕にチヌが見えて……」

「正直なところ、賭けでした。でも、弟切《おとぎり》くんには見えるんじゃないかと」

「結果オーライってやつだろ？」

バクは気楽にそう言うが、飛《とび》が白玉の立場だったら、そんな賭けには出ないだろう。

自分はどこかおかしいんじゃないか。

飛は何度となくそう疑った。バックパックと話ができるなんて、どう考えても普通じゃない。

人には聞こえない音が聞こえる。

見えないはずのものが見える。

これは妄想なのか。脳に異常があるとか。何か精神的な病気だとか。一度、医者に診てもらったほうがいいのかもしれない。そこまで思い詰めたことさえある。

飛は脱力していた。手すりから落ちてしまいそうだ。なぜこんなにぐったりしているのか。思いあたる節はあった。

自分だけじゃない。飛は安堵《あんど》しているのだ。妄想なんかじゃなかった。

バクはいる。

飛がつくりだした幻のようなものではなかった。

ちゃんと存在している。

「……僕に聞こえるバクの声が、白玉さんにも聞こえる。白玉さんには見えるチヌが、僕にも見える。他の人には見えてないっぽいものが――」

だとしたら、あれもなのか。

飛は思いきって白玉に尋ねてみた。

「てことは……白玉さんにも見えるの？　たまに人が連れてる、なんかこう、変な……」

白玉は視線をしっかりと結び合わせるように飛と目を合わせた。

それから、ゆっくりとうなずいた。

飛《とび》の席は窓際の前から三番目で、右斜め前のさらに一つ前の席には紺《こん》ちあみという女子生徒が座っている。彼女は最前列だし、熱心に教師の話を聞いたり、ノートを取ったりしているようだ。

紺のことはよく知らない。ただ、わりと真面目《まじめ》なのだろう。ぽつんと一人でいるような印象はない。常に何人かで行動している。

背中にコウモリのような、あるいはモモンガにも似た生き物をしがみつかせたままで。

「……まあ、オレらもアレにはとうに気づいてたんだが」

机に無理やりくくりつけられているバクが言う。バックパックなりに気を遣っているのか、一応、ひそひそ声だ。

「とはいえ、お龍《りゅう》のチヌとはだいぶ違って、人間にひっついてるだけだ。オレらに何かしてくるってわけでもねえし。一般人には見えねえ変なのがいるってだけなんだよな……」

バクの言うとおりだ。

それにあの手の変なのは、どこにでも、いくらでもいるわけではないにせよ、稀少《きしょう》というほどめずらしくはない。学校に、街中に、実のところ施設にもいたりする。

おかげで、変なのがいるくらいでは驚かない。よっぽど大きいやつだったりうじゃうじゃしていたりしたら、さすがにたまげてしまうかもしれないが、さもなければ、ああいるな、と思うだけだ。

今も驚いているわけじゃない。

気になってはいる。

飛はあまり顔を動かさないようにして、斜め後ろに視線を向けた。

その男子生徒は、隣の席の男子生徒と話してはいないものの、身振り手振りで何かやりとりをしている。

正木宗二《まさきしゅうじ》。

たしか、正宗《まさむね》、と呼ばれている。名字と下の名前から一字ずつとったニックネームなのだろう。

正宗は声が大きい。動作も過剰だ。よく冗談を言って人を笑わせている。いつだったか、黒板の前で誰かと漫才みたいなことをして、教室中を沸かせていた。飛でも記憶に残っているくらいだ。クラスの中でかなり目立つほうだろう。

正宗は短くした髪をきっちりセットしている。眉毛も整えているようだし、身だしなみにはうるさそうだ。

そのセットした頭の上に、小さな猿のような生き物がちょこんと座っている。

体の大きさ的にも、メガネザルという小型で夜行性の霊長類に少し似ているが、もちろん別物だ。

メガネザルは体表が毛で覆われている。でも、あれは違う。人間の皮膚のようでもない。爬虫類《はちゅうるい》の鱗《うろこ》に近いだろうか。あるいは樹皮だ。縦に細長く割れているスギの表皮に似通っている。

猿みたいに、あれには前肢と後肢がある。前肢の両手で口をふさいでいるのは、たまたまなのか。ずっとそうしているのだろうか。とにかく、日光東照宮《にっこうとうしょうぐう》の三猿、「見ざる聞かざる言わざる」の「言わざる」を思わせるポーズだ。

この二年三組で変なのを連れているのは、紺《こん》ちあみ、正宗《まさむね》こと正木宗二《まさきしゅうじ》、以上の二人だと飛《とび》は認識していた。

割合としてはこんなものだろう。今までもだいたい一クラスに一人か二人だったし、まあ平均的だ。

ただ、ここに白玉龍子《しらたまりゅうこ》が加わるとなったら、どうだろう。

さらに、外階段でさっき白玉が教えてくれたのだが、どうやらもう一人いるらしい。

飛は真ん中の列、最後尾の席に目をやった。その席には誰も座っていない。

今日だけじゃない。いつものことだ。飛はその席に誰かが座っているところを一度も見ていない。

白玉が言うには、真ん中の一番後ろは雫谷《しずくだに》という女子の席らしい。雫谷は一年の途中から不登校になった。その後いつからか、保健室登校をしているのだとか。進級して二年生になっても、雫谷が教室に姿を見せたことはないようだ。白玉は一年の時、雫谷と同じクラスだった。だから面識がある。

そして、白玉曰《いわ》く、雫谷も変なのを連れていたらしい。

「四人か」

バクがぽつりと言った。

見ると、廊下側の前から三番目の席に座っている白玉が、飛のほうに顔を向けていた。教師が板書していて、教室の中は静かだ。白玉にもバクの声が聞こえたのだろう。

「多めっちゃあ多めだわな。ていうか、オレがいる飛を入れたら、五人ってことになるんじゃねえの。このクラス、全部で三十六人だよな。三十六人中五人。約七分の一か。うん。けっこう多いな……」

飛はバクを蹴ろうかと思った。誰にも聞こえないからといって、べらべらしゃべらないで欲しい。というか、誰にも聞こえないわけじゃない。白玉には聞こえている。そうか。これまでも授業中にバクが話すことはあった。何を言われても、むろん飛は無視するしかない。そこも含めて、くだらないプレイの一種というか。バクにとってはたわいない悪戯《いたずら》で、ちょっとした暇潰しだったのだろう。

飛《とび》だけじゃない。白玉《しらたま》にもバクの戯《ざ》れ言《ごと》が聞こえていた。すべて聞かれていたのだ。

まるで、そういうことです、とでもいうように、白玉が小さく手を振ってみせた。

飛はうっかり手を振り返しそうになった。危なかった。すんでのところで、なんとか思いとどまることができた。

飛は前に向き直って頬杖《ほおづえ》をついた。手を振る、とか。恥ずかしい。もう少しで振ってしまうところだった。振らなくて、本当によかった。


帰りのホームルームが終わると、飛はバクを引っ担いで素早く椅子と机を下げてしまう。いつものようにいち早く教室を出ようとしたら、白玉に呼び止められた。

「あっ、弟切《おとぎり》くん」

「……何？」

「わたし、まだまだ積もる話がありまして。このあと何か予定は？」

「ない……けど。とくには……」

「それでは、申し訳ないのですが、どこかで少し待っていてくれませんか。わたしは掃除当番なので」

「……じゃあ、玄関で」

「わかりました。できるだけ早くすませます」

同級生たちが何やら妙な視線を投げてよこしている。その中には例の紺《こん》ちあみや正木《まさき》宗《しゅう》二《じ》もいた。

白玉と飛は普通に話しているだけだ。そんなに奇妙だろうか。

奇妙だろう。

飛自身、奇妙というか、どうもしっくりこない。どうも、どころか、かなりむずむずする。たいそう気まずい。とてもじゃないが、居たたまれない。

「……あとで」

飛は短く言い捨てて、逃げるように教室をあとにした。

限界いっぱいの歩幅で早歩きして廊下を突っ切り、すごい勢いで階段を下りて、靴箱で手早く靴を履き替える。玄関から外に出ると、用務員の灰崎《はいざき》が緑色のじょうろを持って前庭の花壇に水やりをしていた。

「やあ、弟切くん。いつも早いね。さようなら……？」

「まだ帰らないしっ」

思わず強めの口調で言い返してしまった。

灰崎は呆気《あっけ》にとられている。

「え？　そうなの？」

「……か、関係ないだろ」

「ああ、うん。詮索するつもりはないんだ。ごめんね」

「謝ることないじゃないか。あんたは――」

飛《とび》は舌打ちをして拳で額をこつんと叩《たた》いた。いくらなんでも、あんた、という言い方はよろしくない。

「……灰崎《はいざき》さんは、何か悪いことしたわけじゃないし」

「ごめん」

灰崎は、しまった、といったように顔を歪《ゆが》めた。

「またやっちゃった。私、前にも先輩に注意されたことがあって。何でもすぐ謝るのはやめなさいって。癖なんだろうね。いやぁ、まいったな。でも、懐かしいや。厳しい先輩でね。ずいぶん叱られたなぁ。怖くてね。いい人だったんだけど」

「……おしゃべりな野郎だぜ」

バクがぼそっと言った。飛もまったく同感だ。しかも、押しつけがましく感じないやわらかな声音で、立て板に水のごとく話すから、つい聞いてしまう。知らないし。灰崎の先輩とか。灰崎は用務員だ。その先輩だから、前任の用務員ということなのか。かなりどうでもいい。

「おっ――」

灰崎が慌ててじょうろを持ち上げた。夢中で語っているうちに、花壇ではない場所に水を撒《ま》いていたのだ。

「何やってんすか……」

「ごめんごめん。わっ。また謝っちゃったよ。今のは、だけど、謝ってもいいところかな。いや、謝るほどでもないか。アスファルトが少し濡《ぬ》れただけだし。すぐ乾いちゃうしね。あれ、弟切《おとぎり》くん、帰らないの？　ああ、言ってたね。まだ帰らないって。なんで？　あ、立ち入ったことかもしれないし、答えなくていいから。流れでつい訊《き》いちゃっただけなんで。ごめんね。ああっ。また謝っちゃった。こんなざまじゃ、先輩、呆《あき》れてるだろうな。全然成長できてないんだから……」

「漫談かよ」

　バクが、ケッ、と嘲笑した。飛も我知らず冷たい目で見ていたようだ。灰崎は恥じ入ったように首の側面をさすった。

「口数が多すぎるのも、昔からの欠点でさ。いや、直らないもんだねえ。気をつけようとしてるつもりなんだけど。気をつけることを忘れちゃうんだよね」

「単純に頭が悪いんだけなんじゃねえの？」

　どうせ聞こえないと思って、バクは気兼ねなく毒舌をふるう。

「はは……ねえ」

灰崎《はいざき》はきょろきょろした。首にタオルを巻いている。灰崎はそれで顔を拭いた。ごまかそうとしているかのような仕種《しぐさ》だった。

何か変だ。飛《とび》はそう感じたが、何が変なのかはわからなかった。いずれにしても、灰崎は勤務時間中のはずだ。

「……僕のことはいいんで、仕事したら？」

「ごもっとも！」

灰崎は力強くうなずいて水やりを再開した。

「秋といえば菊だけど、コスモスもいいね。秋に咲くバラもあったりするし。あと、やっぱり返り咲きのダリアがきれいだよね。ダリア。ダリアかぁ。ああそうだ、弟切《おとぎり》くんはどんな花が好き？」

もしかして、さっさと立ち去らない飛がいけないのか。灰崎は度を越した話し好きのようだ。そばに誰かいると、話しかけずにはいられないのだろう。

「……興味ないかな。よく知らないし」

「そっか。そうだよね。私も若い頃はさっぱりだったな。転職するまでは、かな。花なんて、咲いてるな、くらいしか思わなかったよ。でも、自分で植えたり世話したりするようになったら、俄然《がぜん》ね。桜なんかも、あと何回見られるんだろう、とか思ったりして」

「灰崎さんって、まだそんな年じゃなくない……？」

「きみたちと比べたら、ずいぶんおじさんですよ。自分がまさか、草花を愛《め》でるようなおじさんになっちゃうなんてね。だけど、そう考えると、年を取るのもあながち悪くないのかな。風流を解するようになってきたわけだから。シンプルに、まだ年を取れてるってことでもあるしね」

下校する生徒が通りすぎるたびに、灰崎は「さようなら」と笑顔で声をかけた。それだけじゃない。いちいち、高田《たかだ》さん、とか、上山《うえやま》さん、といった具合に生徒の名前を呼ぶ。わざわざ記憶しているらしい。飛なんて同級生の氏名さえ把握していないのに。

「……草花とか、風流とか。何言ってるのか、よくわからないんだけど」

「私も実際、ちっともわかってなかったりします。そんなものだよね。意外とね。あっ。いつの間にかじょうろが空っぽになってる。まだ水を撒《ま》いてるつもりで、何もしてなかったってこと？」

灰崎は「あちゃー」と天を仰いでから、片手を軽く上げてみせた。

「かっこ悪い。締まらないな。私、水を補給してくるので。他にも仕事が色々残ってるし。またね、弟切くん。さようなら。いや、まだ帰らないんだったっけ。ごめんね。うわ。謝っちゃった……」

灰崎をよく叱ったという先輩とやらの気持ちが少しわかるような気がした。

飛は校舎のほうへ向かう灰崎の後ろ姿を見送りながら、ため息をついた。

「……何なの、あの人」

「けったいな野郎だな。けど、めずらしいんじゃねえか。飛《とび》があんなに人と口きくのは。いや？　お龍《りゅう》とはくっちゃべってるか。最近、オレ以外ともずいぶんしゃべってるってことだよな。あの飛がなァ」

飛はストラップを肩から外してバクをぶん回した。

「おぉーいこらッ！　よよよ、よせッ！　目が回る！　やめろって、馬鹿……！」

目を回すバックパックがどこにあるだろう。だいたいバクに目があるのか。どうも物を見ているようだ。ということは、ないわけじゃないのか。

「一番けったいなのはバクだし……」

飛は小声で呟《つぶや》いてバクを背負い直した。

「こんなとこで、人目もはばからずにバックパックをぐるぐるぶん回すおまえにはかなわねえよ」

「もっと回そうか？」

「マジでやめろ」

「それ、フリってやつ？」

「だから、違うっつうの！　回すな。回すなよ。絶対、回すな。回したら承知しねえぞ。回すの絶対禁止な！」

しばらくすると、校舎の玄関から白玉《しらたま》が出てきた。すぐに飛を見つけて、小走りに近づいてくる。白玉はスクールバッグとは別に、チヌラーシャを潜ませている例のポシェットを肩に掛けていた。

「お待たせしました」

「……まあ、わりと早かったんじゃない」

「掃除、全力でがんばったので。少し汗かいちゃった」

白玉はもともとかなり色が白い。そういえば、頬《ほお》がいくらか上気している。額はわずかに汗ばんでいるようだ。

見てはいけないものを見てしまったように思えて、飛は横を向いた。

「……あの、行かない？　どこ行くのかって話だけど……」

「目的地があったほうがいいでしょうか」

「ないよりはね」

「ううん……」

「行きたいとことか、もしあれば」

「弟切《おとぎり》くんは？」

「僕は、べつに……」

「つまんねえヤツだな」

バクが、ケケッ、と笑う。飛《とび》はバクに肘鉄を一発お見舞いしようとしたが、やめておいた。周りに下校中の生徒たちがたくさんいる。飛は一瞬、そのことを失念していた。どうかしている。

「そうだ」

白玉《しらたま》がはっとしたように目を瞠《みは》った。

「あります、わたし。行きたいところ」

本当にどうかしている。

飛は白玉の顔をまっすぐ見ることができない。ただ正面から見るだけだ。不可能ではないはずなのに、なぜか顔を傾けて斜めに視線を注ぐ恰好《かっこう》になってしまう。こんな見方をしたら、感じが悪くないだろうか。でも、白玉は気にしていない様子だ。

「コンビニエンスストアに行きたいです。いいですか？」

学校最寄《もよ》りの店は避けた。校則で買い食いが禁止されている。皆が守っている校則ではないにせよ、告げ口などで発覚すると、教師に呼びだされて注意されるようだ。飛は平気だが、白玉はそうじゃないだろう。

だとしたら、なぜ白玉はコンビニに行きたいなんて言いだしたのか。

学校から十二、三分歩いて、見つけたコンビニに入る寸前、その疑問が浮かんだ。

飛はドアを開けて、今まさにコンビニに足を踏み入れようとしていた。

振り向くと、白玉はドアの前に敷いてあるマットを踏むことすらためらっているかのようだった。顎を少し引いて、肩に力が入っている。

「……入らないの？」

飛はふだん自分にコンビニ禁止を課している。あくまでもそれは浪費を防止するためだ。どうしても必要な物があれば、学校帰りだろうと何だろうと、さっと入ってぱぱっと買ってしまう。躊躇《ちゅうちょ》なんかしない。たかがコンビニだ。

白玉にとっては、たかがコンビニじゃなくて、されどコンビニ、なのだろうか。

「……は――いりま……す、よ？」

ろれつが怪しいし、目が泳いでいる。明らかに白玉は緊張している。

飛はいったんドアを閉めた。

「買い食い禁止だよね。校則で。気にしてるなら、やめとく？」

「いいえ」

白玉はやけにはっきりと言いきって、飛を睨《にら》みつけた。厳密に言えば睨んでいるわけではないのかもしれないが、すごい目つきだ。真剣そのもの、というか。飛はちょっと怖かった。命が懸かっているわけでもあるまいし。本気すぎる。

「それじゃ……」

飛《とび》はふたたびドアを開けてコンビニに入った。白玉《しらたま》もついてきたが、動きがぎこちない。見るからにカチコチだ。表情も硬い。険しすぎる。

「……大丈夫？」

「大丈夫」

言葉少なだし、あからさまに様子がおかしい。女性の店員もいぶかしんでいる。

「初めて万引きしようとしてるヤツの挙動だぞ……」

バクが言うと、白玉は首をぶるんと横に振った。

「そんな！　万引きなんて、わたしは決して」

「……白玉さん」

飛は控えめにたしなめた。白玉は「はふっ」というような妙な音声を発して、レジのところにいる店員に目をやった。

店員は横目で白玉を見ている。咳払《せきばら》いをした。白玉は完全に目をつけられている。無理もない。飛まで肩身が狭くなってきた。

「買うの？　何か」

「……飲み物を」

蚊の鳴くような声だった。白玉はえらくしょんぼりしている。

飛は白玉に向かって手をのばしかけ、慌てて引っこめた。

今、飛は何をしようとしたのか。たぶん、缶やペットボトルの飲料が並んでいる棚まで、手を引いて白玉を連れてゆこうとした。

そこまでする必要はない。あたりまえだ。白玉はよちよち歩きの幼児じゃない。

ガラス扉付きの棚で飲み物を選んだ。白玉はぶどう味の炭酸飲料を迷わず手に取って、飛は一番安い麦茶にした。お金がもったいなかったが、飛なりに空気を読んだ。白玉にけちだと思われたくないという気持ちも少しあった。

会計をすませて店を出ると、白玉は炭酸飲料のペットボトルを抱きしめて、ぎゅっと目をつぶった。

「……買っちゃった。ぶどう味」

「え？　なんか……めずらしい商品？　とかなの？　そのジュース……？」

「たまに買うの。こっそりと、ごくたまに。よく知らないけれど、ロングセラーだと思います。ずっと売っているし」

「あぁ。そうなんだ」

「コンビニに入るのも、なんだかどきどきして。お祖父様《じいさま》やお祖母様《ばあさま》にバレたら、絶対に叱られるので」

「……厳しいんだね。白玉さんのおじいちゃんとおばあちゃん」

「わたしのためを思って、厳しくしてくれているんです」

白玉《しらたま》は微笑《ほほえ》んでいた。でも、目を伏せている。笑っているのに、翳《かげ》のある表情だった。

両親じゃなくて、お祖父様とお祖母様。きっと何か事情があるのだろう。

気にならないわけじゃないが、どうしても知りたいとまでは思わない。他人に自分のことを話すのは面倒だ。飛《とび》もいちいち訊《き》かれたくはない。

「どこかで飲む？　ここだと、あれだし」

白玉は飛の視線をしっかりと受け止めてうなずいた。

「はい」


片側が石垣の坂道を上ると、左手に石段がある。石段の先は空き地だ。砂利が敷かれていて、錆《さ》びた高さ違いの鉄棒が三台、設置されている。本当に鉄棒しかない。それで、鉄棒公園と呼ばれている。

飛は鉄棒公園の一番高い鉄棒に腰かけて、ペットボトルの麦茶を一口飲んだ。

白玉は鉄棒の柱を背にして立っている。炭酸飲料のキャップを開けるか開けまいか、決めかねているようだ。

もうけっこうな時間、迷っている。

さっさと開けばいいのに。だいたい、迷うようなことだろうか。当然のことながら、キャップを開けないと炭酸飲料を飲むことはできない。飲みたいから、飲むために、買ってきたんじゃないのか。

内心やきもきしながらも放っておいたら、白玉はとうとう意を決したようにキャップを開けた。ペットボトルに口をつける。目を閉じて炭酸飲料をちょっとだけ飲み、ぶるっと身を震わせた。

「……っ——」

バクが何か言いかけて、やめた。飛も白玉に声をかけたくなったが、ここは黙って見守ることにした。

白玉は丁寧にキャップを締め直した。肩を上下させて、ふぅっ……と、息をつく。

「おいしい」

「……うまかっただけかよ」

バクが小声でツッコんだ。

白玉は目を開けてペットボトルを掲げた。うっとりと見とれている。

「やっぱり、おいしいです。何度飲んでも」

「……よかったね」

飛にはそれしか言えなかった。白玉が飛に笑顔を向けた。

「これで一ケ月《かげつ》は戦えそうです」

「……戦うの？」

「はい──」

白玉《しらたま》が首を横に振ると、長い髪がやけに揺れた。

「いえ！　戦うというのは物の喩《たと》えで」

「そんなに好きなんだ……」

「好き？」

白玉は小首を傾《かし》げてまばたきをした。飛《とび》はなぜだか泡を食ってしまった。

「……や、だから、そのジュースが。好き……なんでしょ？」

「お祖母様《ばあさま》から、果汁百パーセントのものを除く清涼飲料水、とくに炭酸飲料は、悪魔の飲み物だから口に入れないようにと、固く禁じられていて……」

「悪魔とはずいぶん大仰だな」

バクが呆《あき》れたような口調で言うと、白玉は伏し目になった。

「体に悪いからと。お祖母様は健康によくないことが大嫌いなの。おかげでわたしはすくすくと育って、このとおり」

バクは、ケッケケッ、と意地悪く笑った。

「しっかり隠れて飲んでんじゃねえか。悪魔の飲み物」

「んん……」

白玉は大仰に顔をしかめた。

「ぐうの音も出ないです……」

飛は麦茶をもう一口飲んでから、バクの中にペットボトルを突っこんだ。鉄棒を両手で掴《つか》み、後ろ方向にぐるんと一回転する。

「すごい！」

途端に白玉が両目をいっぱいに見開いた。

「その技はたしか、地獄回り！　ですよね!?」

「……かな。そんな名前だったかも」

「前にも回れる？」

「あぁ。前？　できるけど——」

飛は前向きに一回転してみせた。白玉はぴょんと跳ねた。

「天国回り！」

「……何回でも回れるけど」

「見たいです！」

「いいけど……」

飛は後ろに三回、そのあと前に三回連続で回転した。

白玉《しらたま》はぽかんとしている。

「わ、わたし……とても人間業とは思えないものを、見せつけられている……」

「……そんなたいしたあれじゃなくない？　これくらい……」

「何だァ？」

バクが、ゲヘッ、という感じの下品な笑い声を立てた。

「生意気にも照れてやがんのか、飛《とび》ィ？」

「はぁ？　照れてないし……」

「も、もしかして、もっとすごい技もできたり……？」

白玉の瞳がきらきらと輝いている。瞳孔が開いているのだろうか。ずいぶん興奮しているようだ。そうとう期待されているらしい。

「……まあ、できるっちゃできるけど。積もる話があるんじゃなかったっけ」

「それは、あとで！」

白玉は即答した。

結局、飛はめちゃくちゃ回転しまくって、回っている最中に鉄棒から手を放して掴《つか》む離れ業まで披露する羽目になった。

#1-4_otogiri_tobi/ 動けなくなってしまうよ

久しぶりだ。

兄が夢に出てきた。

そこは知らない場所だった。

知らない、と思う。

壁も天井も真っ白で、いやに明るい。でも、窓はない。部屋なのか。それとも、廊下だろうか。

飛は走っていた。

転んでも、すぐに起き上がる。また走りだす。

走らないと。逃げなきゃいけない。何かが追いかけてくる。何か。何が。何だ？

振り向くなんて、できない。そんな暇はない。逃げないと。とにかく一生懸命、逃げないといけない。

そうしないと、つかまってしまう。

「つかまえた！」

突然、かっさらうように何かが飛を抱え上げた。

何か。

何が。

何だ？

飛《とび》は逃げようとする。必死で兄を振りほどこうとしているのに、全然だめだ。

「つかまえた」

「つかまえたよ」

「飛」

「つかまえた！」

飛をつかまえたのは兄だ。兄が笑いながら飛を抱きすくめている。兄は飛よりずっと大きい。飛が小さすぎる。飛はまだ子供だ。全力で暴れても、飛の上半身をがっちりと締めつけている兄の両腕はびくともしない。それでも、逃げないと。飛はどうにかして逃げないといけない。それだけはわかっている。腕は封じられているから、飛は激しく身をよじる。両脚をばたばたさせる。兄の顎に頭突きする。

「いてっ。痛いって。いたたっ」

兄は、痛い、痛いって、とさかんに言いながらも、やっぱり笑っている。

なんて力だ。こんなに力が強いなんて。

それとも、飛が弱いのだろうか。非力すぎるのか。

兄は白い服を着ている。

「放して」

純白の服が赤く汚れてゆく。

「だめ」

血だ。

「放してよ」

誰の血だろう。

「だーめ」

飛の血なのか。

「放して、お願い」

兄の血か。

「つかまえちゃったからね」

兄は笑っている。

「だめだよ、飛。放さない」

いつしか飛は泣いている。逃げなきゃいけないのに、どうして兄は止めるのだろう。なぜわかってくれないのか。変だ。おかしい。お兄ちゃん？

なんで？

「しーっ」

どうして僕をつかまえて放さないの？

苦しいよ。

「静かに」

放して。

ねえ、お兄ちゃん。

「おとなしくするんだ」

こんなの、お兄ちゃんじゃない。

「静かに」

お兄ちゃんはこんなことしないよ。

「大丈夫」

そうでしょ？

「大丈夫だから――」

たくさん泣いた。

「大丈夫だよ」

泣いて、ずいぶん暴れて、もう疲れてしまった。

「大丈夫」

兄は何度も何度も囁《ささや》いた。

「大丈夫だから」

決して飛《とび》を放さずに囁きつづけた。

兄が背中を撫《な》でている。

「大丈夫……」

飛は暴れるのをやめた。

兄が繰り返す。

大丈夫だよ。

大丈夫。

大丈夫だからと、何回も、何回も。

兄の夢を見た。

知らない場所に、もしかしたら覚えていないだけで、知っているのかもしれない場所に、飛がいて、兄もいた。

目が覚めると、施設のベッドの上だった。

カーテンの隙間からのぞく空はまだ薄暗い。額に痛みを感じた。

兄に頭突きしたからだ。

「違う――」

あれは夢だ。

飛《とび》は右手で額をさわってみた。痛くなんか、ない。

「……お兄ちゃん」

飛は父も母も知らない。生まれたからには両親がいるはずだ。でも、記憶にない。飛は兄しか知らない。

あの日、飛を置いて消えた兄しか。

いや。

そうじゃない。

二人は逃げていた。誰かに、何かに追われていた。兄は撃たれた。怪我《けが》をしていた。飛はまだ幼かった。もう走れなかった。だから、しょうがなかった。兄も断腸の思いだったに違いない。飛を隠れさせて、兄は、囮《おとり》に――そうだ、隠れた飛が見つかってしまわないように、銃をぶっ放すような恐ろしい追っ手を誘《おび》き寄《よ》せようとして、兄は一人で行った。

飛のために。飛を思ってのことだ。

『ここに隠れてろ』

兄は飛にそう言い聞かせた。

『いいって言うまで、じっとしてるんだ。わかったね、飛？　約束して。絶対に、声も出しちゃだめだ』

飛は兄と約束した。それなのに、守らなかった。兄が戻ってくる前にあの場所から出てしまった。待っていなければいけなかったのに、飛は約束を破った。

兄を裏切ってしまった。


靴箱で靴を履き替えて、教室に向かおうと階段を上がっていたら、背中をつつかれた。

「うっ――」

驚いて振り返ると、白玉《しらたま》がいた。白玉は例のチヌラーシャを潜ませたポシェットを肩に掛けている。笑顔だった。

「おはようございます、弟切《おとぎり》くん」

「……おはよう。え？　何……？」

「何、とは？」

「つつかなかった？　今――」

「つんつん？」

白玉は右手の人差し指で空中をつついてみせた。

「はい。しました。あっ。つんつんは禁止でした？」

「……や、禁止ってことはないけど」

「不快だった？」

「べつに、不快とかじゃ……」

「もう二度としないほうがいい？」

また突然つんつんされて、びっくりしたくはない。かといって、二度とするな、と言い渡すのもなんだか気が引けた。

「まあ……急だと、ちょっとあれかな。場所が階段とかだと、とくに。微妙に危なかったりするかもだし……」

「弟切《おとぎり》くんなら、大丈夫」

白玉《しらたま》はどういうわけか自信たっぷりに言いきった。

「……え？　なんで？」

「鉄棒、すごかったもの。運動神経が抜群。多少のことでは階段を踏み外したりしないはず。昨日、訊《き》き忘れたけれど、何かスポーツでもやっているんですか？」

「スポーツ……は、やってないけど」

「何も？」

「体育の授業以外では、ないかな」

「ただの一回も？」

「……ないってば」

「わたし、小学生の頃、陸上部に入りたかったんです。あと、ダンスも習いたくて。でも、運動神経があまり――」

朝っぱらから階段の途中で、何の話を聞かされているのだろう。

白玉と口をききたくない。そんなふうには思っていないが、正直、人目が気になる。あいつら何、階段で話してるの、みたいな目で見られているので、居心地が悪い。

ここでなければいい。他の人がいない場所で、飛《とび》と白玉だけなら問題ない。二人きりがいいということではなくて、もちろんバクと、それからチヌラーシャはいてくれていい。

ふと思った。

だけど、兄を捜さなくていいのか。

途端に飛の胸が疼《うず》いて、いやな汗が出てきた。捜していないわけじゃない。ずっと折にふれて捜してきた。見つからないだけだ。手がかりもろくにない。それに、ここは学校だ。兄を捜そうにも捜せない。

「――弟切くん？」

白玉が首を傾《かし》げた。上目遣いで飛の顔をのぞきこんでくる。

「どうかしたんですか？」

飛は頭を振った。

「べつに」

「そう?」

「……どうもしないよ」

飛《とび》は階段を上がりはじめた。

体が、というよりも心が、痺《しび》れるように震えている。この感覚は久々だ。ここ何年か味わっていない。その前はよくあった。

兄を捜さないと。そう思うだけなら、こんなふうにはならない。

不安に駆られた時、ひどくなる。

兄は大丈夫だろうか。無事なのか。

ひょっとしたら、捜しても意味がないのかもしれない。

兄はもういない。

地上のどこにもいない。

どれだけ捜しても無駄だ。

きっと、飛が約束を守らなかったからだ。

白玉《しらたま》と話すようになった。飛にとってはそれが最大の変化だ。もっとも、変わったことは他にもある。

以前は授業中にこうして教室を見回したりしなかった。誰がどこで何をしていようと、どうでもいい。飛は自分自身とバク、そして兄の行方《ゆくえ》にしか興味がなかった。ただ同じ学校に通っている。たまたま同じクラスになって、同じ教室にいる。同級生といっても、それだけの人たちだった。

同じ中学二年生ではあるものの、住む世界が違う。飛はそんなふうに感じていた。共通点がほとんどない。ゼロではないとしても、ものすごく少ない。

つい、白玉に目を向けてしまう。

白玉は真面目《まじめ》だ。たいてい教師や黒板を見ていたり、ノートをとるために机に目を落としていたりする。熱心に教師の話を聞いて、時々考えこむ。うなずくこともある。

例のポシェットが白玉の机に掛かっている。あのポシェットの中で、チヌことチヌラーシャはどうしているのだろう。授業中、バクはけっこう退屈らしい。チヌはどうなのか。バクとはずっと一緒だ。いて当然の存在だから、バクについてあらためて思案することはほとんどない。

でも、飛はチヌと出会ってしまった。

チヌはバクのようにしゃべったりはしないようだ。バクとは違う。

バクは普通の人たちにもただのバックパックとして見えるが、チヌはまったく見えないらしい。

バクの声は飛《とび》にしか聞こえない。そのはずだった。例外が現れた。白玉《しらたま》だ。

チヌの鳴き声も、飛と白玉にだけ聞こえる。

バクとチヌは同じではない。けれども、似ている。

飛と白玉は似ても似つかない。目に見えてずいぶん違うのに、どこか似通っている部分があるのだろうか。二人の間に何らかの共通点があるのか。

飛は斜め後ろを見やった。正宗《まさむね》こと正木宗二《まさきしゅうじ》は、今日も短い髪をかっちりセットしている。その頭の上に座って「言わざる」のポーズをしている、あの生き物——樹皮めいた肌のメガネザルのような変なのは、いったい何ものなのだろう。

飛と白玉にしか見えていない。おそらく、正宗自身も気づいていない。

それとも、正宗は気づかないふりをしているのか。

頭の上に変なのがのっかっているのに、誰も、何も言ってこない。どうやらみんなには見えていないらしい。それで、自分も見えないことにしている。おまえには見えないかもしれないが、いるんだ、ここに、変なのが。そんなふうに打ち明けたところで、信じてもらえるわけがない。もしそうだとしたら、正宗も飛や白玉と同じだ。

正宗にもバクの声が聞こえている。その可能性も否定できない。たまに授業中、バクの声がしても、みんな聞こえていないようだし、正宗も聞こえないふりをしている。

白玉だって、バクに気づいていたのにもかかわらず、最近まで知らんぷりをしていた。正宗も同類なのかもしれない。

飛は天井を仰いだ。それから、今度は斜め前に視線を向けた。

隣の列の二つ前の席に、紺《こん》ちあみが座っている。彼女の背中にしがみついている生き物は、一見、そこらにはいないとしても、どこかにいそうな小動物だ。コウモリか、モモンガか。しかし、もちろんそのどちらでもない。

あれもまた変なのだ。

飛と白玉にしか見えない。

正宗はどうなのか。

紺ちあみ自身は？

だんだん頭が重くなってきた。

これまで飛は、自分だけが特殊なのだろうと考えていた。見えないものが見えて、聞こえない声が聞こえる。弟切《おとぎり》飛は普通じゃない。

白玉もずっとそう思っていたようだ。自分は他の人たちとは違っている。白玉龍子《りゅうこ》は普通じゃない。

間違いだった。

飛だけでも、白玉だけでもない。

一人じゃなくて、二人。

この二人だけなのか。果たして、飛《とび》と白玉《しらたま》だけなのだろうか。

二人いるなら三人、四人いたとしても、不思議じゃない。

たとえば、正宗《まさむね》や紺《こん》ちあみは？

保健室登校をしているという雫谷《しずくだに》はどうなのだろう？

他の学年、他のクラスにも、変なのを連れた生徒はいる。ちゃんと数えたことがないから正確な人数はわからない。でも、この中学校だけで十人以上はいるはずだ。

変なのを連れていても、見えない、聞こえない者と、飛や白玉のように見えて、聞こえる者とがいるのか。あるいは、実は皆、見えているし聞こえているのか。普通を装うために、見て見ぬふりをして、聞こえないことにしているだけなのか。

飛は右手で首筋を押さえてため息をついた。こうやっていくら考えを巡らせても、はっきりとした答えは出ない。本人に訊《き》くのが一番だ。

正宗や紺に？

どう尋ねればいいのか。飛は二人と話したこともない。白玉はどうか。

白玉は礼儀正しいし、愛想もいい。なんとなくだが、同級生たちとうまくやっているような印象がある。白玉に質問してもらえばいい。二人に訊いてみてくれと、飛から白玉に頼むのか。それはそれで厄介だ。いかにも気が重い。

疲れてきた。

こんな時は居眠りでもするに限る。飛は机に突っ伏そうとした。その寸前だった。

紺ちあみの変なのがこっちを向いた。

飛は思わず、キモッ、と呟《つぶや》いてしまいそうになった。あれはやはりコウモリでもモモンガでもない。顔が違う。同じ哺乳類でも、コウモリやモモンガよりもっと別の生き物に似ている。黒目がちでつぶらな瞳。ちょこんとした鼻。赤ちゃんだ。体はコウモリかモモンガみたいなのに、人間の赤ちゃんのような顔をしている。

「飛……」

バクが何か言いかけた。

後ろのほうでガタッと音がした。飛は振り向いた。誰かが立ち上がった。窓際の一番後ろの席の女子生徒だった。

「ん？」

教師がその女子生徒に声をかけた。

「どうした、高友《たかとも》」

高友というのは女子生徒の名字だろう。高友は下を向いている。具合でも悪いのか。走ったあとのように呼吸が荒い。それだけではなく、震えている。

「高友……？」

教師が重ねて呼びかけた。

高友《たかとも》はなんとか返事をしようとしている。でも、うまく発声できないようだ。

白玉《しらたま》が席を立った。心配して、高友に近づいてゆこうとしたのだろう。

「高友さん」

「こ――」

高友が急に顔を上げた。ひどい顔色だった。目の下が黒ずんでいる。

「来ないで……！」

男子生徒が小声で「……やばっ」と言った。同じようなことを何人かが口走って、教室が騒然となった。

うるさい、やめて、と悲鳴を上げる代わりに、高友は頭を抱えた。

「おい、静かに！」

教師が怒鳴った。でも、みんな黙らなかった。

「もう無理……！」

高友が金切り声を発して、机や椅子を蹴倒すような勢いで駆けだした。あっという間だった。高友は乱暴に扉を引き開けて教室から出ていってしまった。教師が慌てて高友を追いかけた。数人の生徒も教室を出ようとした。すぐに教師に追い返されて、生徒たちは引き返してきた。

「マジ、何あれ？　やばくね？」

「怖い怖い」

「無理とかゆってた」

「いや、むしろこっちが無理だから……」

同級生たちがああだこうだと言い合って盛り上がっている。やばいだの、怖いだのと言いながら、なぜか笑っている者が多い。

飛《とび》は白玉《しらたま》と目を見合わせた。

白玉は眉をひそめ、唇を引き結んでいる。かなり困惑しているだろうし、高友のことが心配なのかもしれない。

隣の席の女子生徒が白玉に話しかけた。何かしゃべっている。彼女は白玉の友だちなのだろうか。飛とは違って、白玉には親しい同級生がいる。それはそうだろう。いないほうがおかしい。飛が変なのだ。

やがて教師が戻ってきて、高友は体調不良だとか何だとか軽く説明しただけで、授業を再開させた。二年三組の教室は落ちつかなかった。授業が終わると、みんな高友のことを噂《うわさ》しはじめた。

そのうち担任のハリーこと針本《はりもと》が教室にやってきた。ハリネズミのように髪を逆立てて固めている針本は浮かない顔をしていた。問題は解決していないようだ。

針本《はりもと》は複数の生徒に囲まれて何か話していた。その中には、白玉《しらたま》と紺《こん》ちあみも含まれていた。

教室をあとにする前に、針本は二年三組の生徒たちにこう言い聞かせた。

「高友《たかとも》はたぶん大丈夫だから。みんなはいつもどおり授業を受けて、もし何かあったら先生に教えてください」

誰も高友が大丈夫だとは思っていないだろう。でも、白玉や紺ちあみなど一部の女子生徒を除けば、真剣に高友を気にかけてなんかいない。飛《とび》にはそう思えた。あとは男子も女子も、面白がっているか、早くも興味を失いつつあるか。そのどちらかだ。

給食の時間になっても、高友は姿を消したままだった。

高友の机の上にはノートや教科書が出しっぱなしになっていた。飛はそのことが気になってしょうがなかった。高友の下の名前すら知らないのに。

今日もパン以外はほぼ瞬時に平らげた。飛はコッペパンを片手にバクを引っ担いで、さっさと教室を出た。

「あっ、弟切《おとぎり》くん」

中庭で屋上に登るルートを見定めようとしていたら、用務員の灰崎《はいざき》が通りかかった。

「何してるの？　ていうか、まだ給食の時間だよね？」

飛は舌打ちをした。

「また灰崎さんか……」

「そんな、またも何も。私は基本、校内をうろついてるからね。いや、うろついてるわけじゃないけどさ。やることがわりとたくさんあるから。これが私の仕事なんでね」

灰崎は校舎の上のほうと飛を交互に見た。

「まさか、屋上に登ろうとしてた？　え……？　壁とかよじ登ってたの？　今までも？　それだったら、鍵が掛かってても屋上に上がれただろうけど、えぇぇ……？　弟切《おとぎり》くんって、フリークライミングとか得意な人だったりする？　ボルダリングとか」

「……や、そういうのはべつに」

「壁をよじ登ってたのは否定しないんだ？　てことは、本当に？　今まで壁伝いに外から屋上に進入してたの？　もしかしたらそうなのかもって怪しんではいたけど、当たりだったってこと？　え……？　すごくない？」

「すごくはないと思うけど……」

「あのさ、謙遜してるところ悪いんだけど、私、褒めてはいないからね？　正直、感心はしてるけど、よくないことだから。危険なんだからね？　落ちたらどうするの。怪我《けが》じゃすまないかもしれないんだよ。校舎は三階建てだし、なかなかの高さだからね」

「まあ、一回も落ちたことないんで」

「ひょっとして、弟切《おとぎり》くん、そういう危ないことばっかりやってたりする？　いや、私もね、子供の頃、雪国育ちだったし、屋根の上から飛び降りたりしたものだけどさ。積もった雪がクッションになってくれてね」

「なんか楽しそうっすね、それ」

「うん。そうなんだよ。楽しいんだよね。楽しかったなぁ。スリルがあって。だけど、あれも一歩間違えると大惨事だからね。今にして思えば、ぞっとするっていうか――」

灰崎《はいざき》は不意に「そうだ」と指を鳴らした。

「弟切くん、一応、訊《き》いとこうかな。屋上で誰か他の人と一緒になったこととかあったりしない？」

「屋上で？」

飛《とび》は首をひねった。

「それは一回もないかな。僕は昼休みしか行かないけど」

「そっかぁ。だよねぇ。私、屋上も週一で見回りはしてるんだけど、人が入ったような形跡ってとくになかったしなぁ。弟切くんは入ってたわけだけどね……」

「妙なこと訊くもんだな」

バクが不審げに呟《つぶや》いた。

「いや、それがね……」

灰崎は言いかけて、「あっ——」と目を見開いた。

飛の口からも「あ」と小さな声がもれた。

「……オレに答えなかったか、今、そいつ？」

バクだ。

飛じゃなくて、灰崎はバクを見ている。

今、まずい、というふうにバクから目を逸《そ》らして飛に視線を向けた。

でも、もう遅い。

「聞こえてる……よね？　灰崎さん、バクの声」

「なぁー……」

灰崎はあらぬ方向を見やった。

「ん……？　の？　こと？　か……なぁ？　んん？　何だっけ……？」

「だから、バクの声」

「ばく？　ああ、あれ？　バクっていうと、あの？　ええと……ほら？　いるよね？　バクって……動物の？」

「違う」

飛は首を横に振ってみせた。

「それじゃない」

「へぇ、違う……？」

灰崎《はいざき》は首に巻いてあったタオルでしきりと鼻の頭や額をぬぐった。

「やぁ、ちょっと、何だろう、だからね、うん、屋上のね、鍵がね？　あれって、職員室の壁に掛けてあって、その気になれば誰でも持っていけちゃったりするんだけどさ」

「いきなり何の話だよ……」

「鍵だよ。鍵。屋上のね。いつの間にか、なくなってて。おっかしいよねぇ。昨日はあったはずなんだけど。どういうわけか、どっこにもなくてさ。私も、朝から生徒捜したり見つからなかったりで、あれだったたんだけど。あ、そうだ。ほら。弟切《おとぎり》くんのクラスのね、高友《たかとも》さん。いないんだよなぁ。どこにも。学校からは出てないっぽいんだけど。ううん。何だろ。変だよねぇ……」

「今さらごまかそうったって、無駄な努力だと思うがな」

バクが皮肉っぽく言った。飛《とび》もすでに確信していた。

灰崎にはバクの声が聞こえている。

白玉《しらたま》だけじゃなかった。

灰崎まで。

これはどういうことなのか。

飛は軽い眩暈《めまい》を覚えた。空を見上げる。いい天気だ。青い絵の具を薄めても、こんな色にはならないだろう。

特別教室棟の屋上に人影のようなものがあった。飛は息をのんだ。

い、い、い、いようなもの、じゃない。

あれは人影だ。

「……何だ？」

バクが呟《つぶや》いた。

「えっ――」

灰崎が屋上を振り仰いだ。間違いない。灰崎はバクの声に反応した。いや、それどころじゃない。

特別教室棟の屋上に人がいる。

あれはこの学校の生徒だ。制服を着ている。女子生徒だ。

スカートが風ではためいている。

彼女は屋上の縁にいる。

屋上の縁の低い立ち上がり壁、パラペットの上に立っている。

彼女の顔が見えた。土気色だった。彼女は飛を見た。ただここに飛がいることを確認した。それ以上の意味はない。そんな無機質な眼差《まなざ》しだった。

本当のところはわからない。

一瞬だったからだ。

彼女の体が前のめりになった。そこには何もないのに。彼女はパラペットの上に立っていた。前方に倒れこんだりしたら、大変なことになる。何も彼女を受け止めてくれない。落ちてしまう。

飛《とび》はただ見ていた。見ていることしかできなかった。どうにかしないと。そんなふうに思ったかどうかも定かじゃない。

彼女は落下してゆく。

「ちゃっ――」

灰崎《はいざき》が奇妙な声を発した。

飛は無言だった。バクが身震いした。

彼女は落ちていった。間もなく頭が下になった。

その体勢で、彼女は中庭に激突した。

＃２／
嘗てダリアの日々
Oh, Dahlia

「そしてきみがもう悲しくなくなったときには（悲しみにはきっと終わりがあるものだよ）、ぼくと知りあってよかったと思ってくれるはずさ。きみはいつだって、ぼくの友だちだよ」

――『ちいさな王子』サン＝テグジュペリ

#2-1_kawauso/ 先輩と私の話

カワウソはなるべくアクセルペダルを一気に踏みこまない。ブレーキも同じだ。あくまでもじわじわと。大袈裟《おおげさ》な言い方をすれば、加速も減速も真綿で首を絞めるように。そう教わったのだったか。カワウソは十八歳になってすぐ普通自動車の運転免許を取得した。教官に褒められた覚えはある。きみ、本当に初めてなの、と訊《き》かれた。灰崎《はいざき》くん、センスあるね。上手だよ。ちなみに、灰崎というのはカワウソの本名だ。

上手《うま》いってより、慎重なんじゃないかな。カワウソ自身はそんなふうに思っている。できるだけ無理はしない。仕事柄、スピード違反で切符を切られることはないから、急がないといけない時は急げるだけ急ぐ。でも、無茶《むちゃ》は絶対にしない。滑らかで無駄のない運転。それが信条だ。

カワウソは黒いセダンを路側帯に寄せて停車させた。停《と》まるべくして停まる。そんな停まり方ができた。

ちょっとした達成感に浸っていたら、何者かが後部座席のドアハンドルを思いきり引っぱった。ガンッ。ガガガガガッッ。ものすごい音だ。引っぱりまくっている。べつに驚きはしない。いつものことだ。

「いや、先輩、ロック……」

カワウソがロックを解除すると、即座に後部座席のドアが開いた。そこから大型犬というより狼《おおかみ》に似た生き物が素早く車内に滑りこんできても、カワウソは動じない。

厳密に言えば、生き物じゃないわけだが。

ガルム、と呼ばれているそれは、奥の座席に座った。図体《ずうたい》が大きいので、ぎりぎりだ。間髪を容《い》れず八頭身の女性が乗りこんできて、力任せにドアを閉めた。

行って、早く、とうながされる前にカワウソは車を発進させた。

先輩が長い髪をかき上げて、くすりと笑う。

「わかってんじゃん、カワウソ」

「先輩に教育されちゃってるんで」

「まだまだだっつーの。だいたい――」

先輩はカワウソに苦言を呈そうとしたのかもしれない。でも、携帯がピリリリ鳴った。

先輩は携帯で誰かと話しはじめた。

「ダリア４。はい。今、カワウソと合流したとこです。はい。ええ。はい。ああ。はい。ええ。はあ？　はい。ええ……」

相手は先輩とカワウソの上司だろう。ダリア４は何を隠そう暗号名というやつだ。部隊名。班名だろうか。むしろ、コンビ名か。

ダリア4のメンバーは先輩とカワウソの二人だ。ガルムと、それから助手席にちょこんと収まっているイタチのようなオルバーは、人員としてカウントされない。見てのとおり、ガルムもオルバーも人じゃない。

ダリア4は二人組だ。ダリアという名を冠された部隊の第四班。それで、ダリア4。

もちろん、カワウソも暗号名だ。カワウソはカワウソの灰崎《はいざき》さんじゃない。れっきとした人間だ。

カワウソはルームミラーで後部座席をちらっと見た。ちょうど先輩が携帯を耳から離すところだった。電話は終わったらしい。恐ろしいほど精巧に作りこまれたような先輩の顔が歪《ゆが》んでいる。

そんなふうに顔を歪めても、カワウソの先輩はちっとも醜くならない。

初めて先輩に会った時、これお直し済みなんじゃないの、とカワウソは疑った。どう見ても詐欺レベルの厚化粧とかではない。だとすると、めちゃくちゃ整形してなかったらおかしいでしょ。目鼻立ちにぼやっとしたところが一個もない。狼《おおかみ》似のガルムを連れているわりに、先輩の顔はネコ科系統だ。最上級の猫顔というか。体形も、頭ちっさくて手脚長すぎで、海外のファッションモデルみたいだし。自分と同じ人間だとは思えない。種族が違うんじゃゃ？　宇宙人だったりして。

あまりにも整いすぎていて、なかなか直視しづらいものがあった。しばらくの間は。

さすがにもう慣れた——と言いたいところだが、いまだに油断すると、うおっ、と思ってしまう。何だ、この人。美人とはこういう人のことなのだろう。美人すぎる何とかとか、よくテレビだの雑誌だので使ったりする惹句《じゃっく》だが、あんなのは全部インチキだ。本物はここにいる。カワウソが知る限りでは、ここにしかいない。

「先輩。課長、何て？」

「とくに何も」

先輩は右手で持った携帯を親指で操作しながら、左手の小指の爪で左眉の端っこのほうをバリバリ掻《か》いた。すっぴんじゃないにしても、先輩のメイクは薄めだ。眉毛すら描かないと言っていた。それであの仕上がりだ。仕上がっているというか、天然物なのだろう。本人はどう思っているのか定かじゃないが、ルックスお化けだ。

ルームミラー越しの視線に気づいた先輩が「あ？」と威嚇してきた。片方の眉だけが吊《つ》り上《あ》がっている。

「……ドール先輩、たまにヤンキーっぽいっすよね」

先輩の暗号名はドールという。ドールはドールでも、人形のＤＯＬＬじゃない。ＤＨＯＬＥだ。そういう名の生き物がいる。イヌ科の哺乳動物だ。別名は、アオオカミ。ドール先輩が、ヘッ、と笑う。

「根がそっちだからね」

「そうなんすか？」

「冗談だよ。んなわけねえだろ」

「んなわけないってこともないでしょ。ダリアが誇るエース、ドール先輩元ヤン説。けっこう信憑性《しんぴょうせい》ありそうな感じはしますよ」

「ねえよ。あたしのどこがヤンキーなんだ。要素ゼロだろ。適当なことばっかり言ってるとケツ四つに叩《たた》き割んぞ」

「……表現、怖いっす」

「ハァ？　どこが。ケツ四つだぞ？　想像してみろよ。もはやファンシーだろ。ユーモアに満ちあふれた表現だろうが」

「お尻が四つに割れちゃったら、そんなのホラーでスプラッタですってば……」

カワウソの黒いセダンは高速道路の下を通る橋を渡って、角張った浮島みたいな埋め立て地に入った。

この埋め立て地には公営の集合住宅がたくさんある。団地だ。それから、学校。整備された公園や運動場もある。海側まで行けば埠頭《ふとう》があって、倉庫が並ぶ。

団地の向こうにはタワーマンションがにょきにょき立っている。しけた団地とあのきらきらタワマン群とは運河で隔てられていて、地名は一緒なのにこちらとあちらはほとんど別世界だ。

カワウソは交差点で車を右折させた。左手に団地の二十二号棟、その向こうに二十四号棟がある。二十四号棟の前に人だかりができていた。パトカーが数台、救急車も一台、停《と》まっている。

「人、かなり集まってますね」

カワウソはやさしくブレーキを踏んで道脇に車を停めた。ハザードランプを点灯させながら振り向いて、どうします、と訊《き》こうとした時にはもう先輩がドアを開けていた。先輩は行くよとも何とも言わなかったが、まあ通常運行だ。カワウソがハザードを消してシートベルトを外す頃には、先輩もガルムも後部座席に乗っていない。

「行きますか」

カワウソもオルバーに声をかけて車から降りた。オルバーはすぐにカワウソの背中をよじ登ってきた。カワウソの左肩の上がオルバーの定位置だ。オルバーの体は五百ミリリットルのペットボトルくらいの大きさで、これとは別に尻尾もある。でも、重いというほどの体重はない。

ガルムを従えた黒いパンツスーツ姿のドール先輩は、早くも人だかりに突っこんでゆこうとしている。カワウソの先輩は脚が長いだけじゃない。足が速い。靴は決まって白いスニーカーだ。ハイヒールどころか、パンプスやローファーを履いているところすら見たことがない。あのスタイルなら、さぞかし似合うだろうに。

「はい、どいてどいて」

先輩は近隣の住人らしい老若男女をかき分けてどんどん進む。先輩に、え、何この人、みたいな顔をする者はいても、ガルムを目にして腰を抜かす者はいない。

彼らにはガルムが見えていないからだ。ガルムだけじゃない。カワウソの左肩にしがみついているオルバーも同様だ。ガルムもオルバーも、普通の人間には見えない。

先輩を追いかけながら、ネクタイをしていないことにカワウソは気づいた。カワウソはグレーのスーツを着ている。中はピンクのワイシャツだ。ノーネクタイだと砕けた印象になる。何しろ、先輩が先輩なだけに、後輩の自分はなるべくきっちりした感じで現場に臨みたい。常日頃、心がけているつもりなのに、わりとよくネクタイを忘れる。

そういうところだぞ。自戒しつつ、しょうがないか、と瞬時に切り替えられる。自分の性格がカワウソは嫌いじゃない。

人だかりの先にライト付きの誘導棒を持った警察官がいた。先輩が身分証を見せて通してもらったので、カワウソもするっと行ってしまおうとしたら、しっかり制止された。

「あっ、何、あなた。だめ、だめ。勝手に入らないで」

「……すみません。おれ一応、こういう者なんで」

結局、カワウソも身分証を見せる羽目になった。先輩に追いつくと、叱られた。

「何やってんの。恥ずかしい」

「ごめんなさい……」

　二十四号棟に入る前に、カワウソは振り返って人だかりを見渡した。一見して大半が六十代以上だ。そもそも、この団地の居住者は高齢化しているらしい。三十代、四十代くらいの男女は二人か三人だが、若者はちらほらいる。ストリート系のファッションに身を包んでいたり、髪を派手な色に染めていたり。総じてあまり柄がよろしくない。見た目だけで判断するのもよろしくはないか。

「いない、か」

　カワウソは呟《つぶや》いて、先輩のあとを追おうとした。その前に念のため、もう一度、確かめた。やはりいない。

　普通の人間には見えない、カワウソたちが扱う対象は確認できなかった。

「いたら、とっくに先輩が見つけてるって話ではあるんだけど……」

　カワウソは二十四号棟に入った。問題の部屋は三階にあった。３０５号室。靴は脱がない。土足で入った。古くさい、何かしょっぱいような、他人の家の臭いがカワウソの鼻をついた。先輩はすでに室内にいた。むろん先輩だけじゃない。制服姿の警察官が数名と、ナイロンのブルゾンやスーツ姿の刑事もいた。

　汚いというより物がひたすら多い。多すぎて片づいていない。もはや片づけようがなかったのかもしれない。

リビングの真ん中にこたつが設置されている。暖房器具が必要な季節じゃない。年中出しっぱなしだったのだろう。こたつの前、テレビの正面に座椅子が一つ置いてある。この部屋の住人とおぼしき老女は、その座椅子に腰かけていた。

老女は白髪で、ニットの帽子を被《かぶ》っている。こたつに倒れかかりそうな姿勢だ。腰がだいぶ曲がっている。かなり小柄だ。

紺色のブルゾンを着た刑事が、睨《にら》みつけるようにカワウソを見た。絵に描いたようないかつい顔だ。

「どうも」

カワウソは頭を下げてみせた。あの刑事には前にも現場で会ったことがある。名前は小《こ》暮《ぐれ》だったか、木暮《こぐれ》だったか。とにかくコグレだ。

先輩が目をつぶって手を合わせてから、老女のそばにしゃがんだ。ガルムは先輩のすぐ後ろに立っている。

先輩のガルムはあくまでも狼《おおかみ》に似ているだけだ。肩がやたらと逞《たくま》しくて、後ろ脚で二足歩行もできる。狼というより狼男といったほうが近いだろうか。人間に変身しようとしている狼男。その途中の形態。狼っぽい人間。ちょっと人間寄りの狼。この場では先輩とカワウソにしか見えていないはずだ。言ってみれば、狼男の幽霊。幻影。でも、幻じゃない。ガルムはちゃんと存在している。

カワウソも老女を観察した。見るからに事切れている。ようは遺体だ。

何でも、近所の友人がしばらく顔を見ていないと心配して、この老女宅を訪れた。しかし、応答がなかった。その後、紆余曲折《うよきょくせつ》あって友人が部屋に入ると、老女はすでにこの状態だったらしい。

「どうですかね」

コグレ刑事が額の生え際あたりをボリボリ掻《か》きながら先輩に訊《き》いた。

「やっぱりそちらの案件ですか」

先輩は答えない。じっと老女の遺体を見つめている。

コグレ刑事は腕組みをしてため息をついた。これ見よがしな、いかにもという感じのため息だった。そういう芸風なのだろう。芸風というか、人間性というか。

「……あれ、何なんです？」

スーツ姿の別の若い刑事が、隣にいる年配の刑事に小声で尋ねた。

「生花店だよ」

年配の刑事が吐き捨てるように短く答えると、若い刑事は露骨にいやそうな顔をした。

「ああ、例のやつですか……」

そんなに嫌わなくてもいいのに。ダリア４のカワウソとしてはそう思わずにいられないが、警察関係者の気持ちも理解できなくはない。

ある事件や事故が特定事案の可能性ありと見なされれば、生花店と呼ばれるカワウソたちのような部外者がしゃしゃり出てくる。

警察はありったけの情報を生花店に提供しなければならないのに、生花店はそうじゃない。特定事案とは正確には何なのか。それすら大半の警察官は知らない。彼らが知らされているのは、生花店が内閣情報調査室内に設置されている組織だということだけだ。

内閣情報調査室は、内閣の重要な政策に関する情報の収集、分析、調査を行う。内閣は言うまでもなく、総理大臣やその他国務大臣による行政の最高機関だ。内調こと内閣情報調査室は、内閣を補佐する情報機関。生花店はその一部だ。

ようするに生花店は、この国のずっと上のほうに属している。

当然、生花店は正式名称じゃない。特定事案対策室という立派な名前がある。立派かどうかは議論が分かれるところかもしれないが。

特定事案対策室を統括する室長の次に偉い次長は警察庁からの出向者だし、警察との関係は浅くない。でも、幹部未満の警察官は花屋のことをあまりよく思っていないようだ。まあ、しょうがない。カワウソが警察官だったら、時々現れて現場を荒らす妙な連中に好意を抱いたりしないだろう。

「カワウソ」

先輩が老女を凝視したまま手招きした。

「はい」

カワウソは先輩の隣で片膝をついた。あらためて老女を詳しく見る。カワウソの左肩の上でオルバーが鼻を鳴らすような音を立てた。

老女は下を向いている。七十代か。八十代だろうか。そのあたりの年代の女性はだいたいショートヘアだ。この老女もそうだった。襟足が短い。うなじがあらわになっている。

首筋に傷がある。

傷跡というよりも穴に見える。

直径二ミリか三ミリの、小さな、黒ずんだ穴だ。

「……同じですね」

カワウソが言うと、先輩は即座にうなずいた。

「ああ――」

まだ老女から目を離そうとしない。

「みたいだな」

#2-2_kawauso/ あなたのことなんて何一つ知らなかった

携帯電話のアラームで目が覚めた。

「……んあ」

チャンチャカチャカツカ腹立つ音だなと思いながら、カワウソは枕元に置いてある携帯を手に取った。アラームを切る。大丈夫。アラーム。何回も鳴るから。セットしてるから。平気。心の中で言い訳しながら掛け布団を巻きこんで抱き枕にする。

あれ？

アラームの音と違くない？

ま、いっか。

おやすみなさい。

その瞬間、また携帯がチャンチャカチャカツカ鳴りだした。

「……んだよもぉ」

無視しちゃおっかな。

そんな不埒《ふらち》なことを考えた瞬間、左耳に痛みが走った。

「いでっ！　ちょっ、オルバー、おまえ……」

　オルバーの仕業だということはすぐにわかった。カワウソはこの１ＬＤＫで一人暮らしをしている。孤独な男の耳を齧《かじ》ったりするのはオルバーしかいない。

「……わかったって。わかりました……」

　再び携帯を手にする。重い瞼《まぶた》をこじ開けて携帯のディスプレーを見ると、先輩、と表示されていた。

「うっ、おっ！　アラームじゃないし！　で、でで、電話――やばっ……」

　カワウソは跳び起きて電話に出た。

「は、はい、もしもしもし、お、おはようございます、カワウソでございまーす……」

『もしが多くない？』

「すす、すみませんっ。ねねね寝起きで……」

『べつに責めてはないよ。ていうか、いちいち謝んな。謝りすぎだから』

「ご、ごめんなっ――あぁっ。また謝っちゃった……」

『一回、舌引っぱり延ばして固結びにされなきゃ、わかんねえのかな』

「こぉおーわっ！　舌、固結びにするとか、怖すぎなんすけどっ！」

『マジでやるわけじゃねえし』

「やりかねないっすよね、先輩なら……」

『あたしのこと何だと思ってんの？』

「もちろん、偉大な先輩だと思ってますけど。尊敬してます。マジ、リスペクトっす。もはやこの気持ちは崇拝かな……」

『べつに崇拝されるような人間じゃねえけど、そんなおもろい拷問みたいなこと、カジュアルにやったりはしねえから』

「おもろい拷問っていうとらえ方は、かなりやばいんじゃないかと……」

『無駄話はもういいわ。被害者が見つかったって』

「えぇぇっ。またっすか!?」

『そう。また』

「わわわかりましたっ。すぐ出ます！　可及的速やかに！」

カワウソは光の速さで、光の速さは言いすぎか、音速で、いや、音速も誇張しすぎか、とにかく全速力で身支度をした。

本名に灰の字が入っているからというわけではないのだが、カワウソが持っているスーツはなんとなくほとんどがグレーだ。今日もグレーのスーツをチョイスして、シャツはネイビーのものにした。鏡の前で派手じゃない柄物のネクタイを締めてみた。

「いいじゃん、いいじゃん。あっ。靴下、靴下。髪も跳ねてるし……」

オルバーを左肩に乗せて駐車場に出てから夜明け前だと気づいた。携帯電話で時刻を見たはずなのに、まるで意識していなかった。

「こういうとこだよ……」

カワウソは車を出した。途中で先輩とガルムをピックアップして現場へと向かう。先輩はいつもの黒いパンツスーツと白いスニーカーで、髪が少し濡《ぬ》れていた。シャワー浴びた直後だったりする？　ついそんなことを考えてしまって、微妙にむずむずした。

そういえば先輩って彼氏いるんすか。

訊《き》いたら蹴られそうだ。とても訊けない。

先輩のことだから、意外と答えてくれそうな気もする。

さらっと、「いるけど？」みたいに。

いるのだろうか。もちろん、恋人の一人や二人いてもおかしくはない。いなくても納得できる。気性が荒い、というのとはまた違うが、かなり激しい、強烈な人だ。仕事も仕事だし。ガルムもいるし。ガルムが見えない相手なら、とくに問題はないか。

カワウソだって、オルバーが見えない、普通の女の子と付き合ったことがある。これでも若かりし頃は、それなりに浮き名を流したものだ。今もまだ若くないこともないのだが、こんな仕事をしていると、なかなか、という事情もあったりする。

恋愛にうつつを抜かしている場合じゃない。そんな余裕がいったいどこに？

だからきっと、先輩もフリーだろう。どう見ても仕事人間だ。フリーに違いない。自由人だし。フリーであって欲しい。そうだ。フリーがいい。

おそらく先輩はフリーだ。

何せ、先輩だけに。

たとえば、もし先輩に恋人がいて、同棲《どうせい》していた、といった事実が判明したら、カワウソはたぶんヘコむ。確実にヘコむ。

何だろう。応援しているアイドルがいきなり結婚したら、ファンとしては絶望せざるをえない、みたいなこと？　先輩がアイドル？　カワウソは先輩のファンなのか？

先輩は黙々と携帯をさわっている。恋人と連絡をとっていたりして。ない、ない。先輩に限ってそんなことはありえない。

本当にありえないのか？

カワウソはダリア4のドール先輩しか知らない。先輩が仕事中に見せる顔しか。プライベートな話はしない。出身地も、家族構成すら知らない。いつだったか、軽いノリで誕生日を尋ねてみたら、「教えねえよ？」とキレられた。キレるようなことか？

色々気になる。いったん気になりだすと、気になって気になってしょうがない。

おかげで普段よりも運転がちょっと雑になってしまったが、先輩には何も言われなかった。いっそのこと怒られたかった。

今回の現場は先日、老女が変死した団地から、直線距離で二キロも離れていない高架下だった。付近には警察がいて非常線が張られていた。カワウソはその手前に車を停《と》めた。

その一帯の高架下は駐車場、駐輪場、公園などになっている。被害者は、駐車場と駐車場の間、歩行者と自転車だけが通行できる通路で見つかった。たまたま通りかかった男性が、落書きだらけのコンクリート橋脚に背を預けて座っている被害者を発見、異変を察知して通報したようだ。

現場には、紺色ブルゾンのいかついコグレ刑事がいた。

「ありますよ。あの傷が」

コグレ刑事が額の生え際あたりをボリボリ掻《か》きながら教えてくれた。その仕種《しぐさ》を目にした瞬間、カワウソは思わず「あっ」と声を発してしまった。

「……はい？　何か？」

「いや、何でもないです」

カワウソが慌てて取り繕うと、コグレ刑事はそれ以上、突っこんでこなかった。

被害者は発見された状態のまま座っていた。坊主頭。だぼっとしたプルオーバーのパーカーにカーゴパンツ。ごついスニーカー。一見して二十代。二十歳そこそこだろう。膝の横でだらりとしている手の甲や指に刺青《いれずみ》があった。

坊主頭の若者は背を丸めてうなだれている。頭がやや左に傾《かし》いでいて、首の右側面に例の傷、直径二、三ミリの穴が確認できた。

先輩は、そしてガルムも、しゃがんで若者の遺体をまじまじと観察している。

酒の臭いがした。見ると、遺体の右腿《もも》のすぐ脇に缶チューハイが転がっていた。中身がいくらかこぼれて道路が湿っている。若者が生前、飲んでいたのだろうか。

「さっきの」

先輩が若者を見すえたまま言った。

「何だったの」

「え？　さっきのって――」

「コグレさんに何か言おうとしなかった？」

「いや、言おうとしたっていうか。ふと思っただけで」

「言ってみ」

「でも、マジどうでもいいっていうか、ホントにたいしたことじゃないんで……」

「言え。気になる」

「……あの刑事さん、誰かに似てるなって、前々から思ってたんですけど。誰かはわかんなくて。さっき閃《ひらめ》いたんですよね。コロンボだって」

「コロンボ？」

「なんかあるじゃないですか。ちょっと古いやつですけど。ドラマ？　映画なのかな？　刑事コロンボって。アメリカの」

「コグレさん、外国人っぽくはなくない？」

「なんとなくですって。フインキですよ。フンイキ？　雰囲気です。だいたいおれ、刑事コロンボちゃんと観たことないし」

「観たことないのに似てるとか……」

「だから言いたくなかったんだよなぁ。これが明らかに激似だったら、本人に言ってますって。むしろ、刑事コロンボに似てるって言われませんかって、訊《き》くまでありますよ」

「想像以上にくだらねえ。二度と言うなよ。コロンボとか」

「ごめんなさい……」

またもや謝る羽目になってしまった。

果たして、いつか先輩に謝らなくてもいい日はやってくるのか。絶対に来ないだろう。この先、きっと先輩には一生頭が上がらない。何かにつけ怒られて、そのたびに謝罪する。この先、何年も、何十年も。カワウソがこの世を去るまで。カワウソの主観では、永遠に。

若者の遺体に例の穴以外の外傷はないようだ。

被害者は心臓が止まるまでただ座っていた。死ぬまでの間に暴れるなどした形跡はほとんど、あるいは一切ない。

老女は自宅である団地の一室で、この若者は高架下で、静かに死んだ。

ついでに言うと、六日前には、ここから一キロばかり離れた場所にある自動販売機に寄りかかって、四十六歳会社員の男性が死んでいた。

十五日前、その自販機が設置されている建物から程遠からぬアパートで、三十二歳の女性が変死した。彼女は自室のベランダでうずくまっていた。発見者は交際していた男性で、その死への関与が疑われて取り調べを受けている。

四人とも、首に直径二、三ミリの穴があいていた。

死因は今のところ判明していない。ただ、穴状の傷には生活反応がある。つまり、死後ではなく、生きている間につけられた傷だ。そのわりに出血が少ない。

推測するに、何者かが、何らかの細い器具を被害者の首に突き刺した。その後、何かが起こって被害者の心臓が停止したのだろう。心臓が動かなくなれば、当然、血流は止まる。被害者が死亡したあとで、何者かは器具を抜いた。

警察は事件とも事故とも断定していない。穴の件を公表していないので、報道での取り上げられ方は控えめだ。

現時点では。

この先も同様の死者が続出したら、どうなるかわからない。

被害者の確認を終えると、先輩はコグレ刑事にあれやこれやと質問した。第一発見者についてとか、被害者の身元とか足どりとか。まだわかっていないことが多いので、のちほどまとめて報告するとコグレ刑事は約束してくれた。

「やっぱり、そちらの案件なんですかね？」

コグレ刑事は額の生え際あたりをボリボリを掻《か》きながら先輩に尋ねた。癖なのか。たぶん癖なのだろう。カワウソは刑事コロンボが映画なのかドラマなのかすら知らないが、テレビで何回か観たことがある。たしか主人公のコロンボが、コグレ刑事がするようにおでこを押さえるか掻くかしていた。ふわっとしていて少し乱れ気味の髪型も、コロンボっぽいような気がする。

「そうでないといいんですが」

先輩がそっけなく答えると、コグレ刑事は肩をすくめて苦笑いをした。顔も若干、似ているような。そうでもないような。

現場を離れて車に戻ると、夜が明けていた。先輩が電話で上司と話しはじめたので、カワウソはコーヒーでも買ってこようとコンビニを探した。三分と歩かずにコンビニが見つかった。

いかにもブラックを好みそうな先輩は、チルドカップのカフェオレか紙パックのコーヒー牛乳しか飲みたがらない。飲めないわけじゃないと先輩は主張するのだが、やや疑わしい。カワウソはたいていブラックだ。たまに甘ったるいコーヒーが飲みたくなっても、大人のたしなみとしてブラックを選択する。とくに先輩の前ではブラックオンリーだ。

他に菓子パン、おにぎり、袋入りのチョコレートをてきぱき選んで買った。コンビニを出て、帰りは右だが、何げなく左を見た。

その時、左に目を向けなければ、対象を捕捉できなかったかもしれない。カワウソは捜索中ではなく買い出し中だった。だからこれは偶然でしかない。

二十メートルくらい先を一人の男が歩いていた。中肉中背。男性だろう。ミリタリーっぽいジャケットを着ていて、下はデニム。黒髪。若そうだ。

日が昇りはじめたばかりの早朝ではあるものの、男性が一人で街を歩いているだけだ。無視してもいい。でも、袖口から長い紐《ひも》のようなものが垂れていて、それを引きずるようにして歩いている。何なんだ、あれは。

カワウソは自分の左肩を一瞥《いちべつ》した。オルバーは顔面をくしゃくしゃにし、小さな牙を剥《む》き出《だ》しにしていた。あの紐のような何かは普通のものじゃない。オルバーもそう感じているらしい。

男は振り向かない。歩きつづけている。カワウソに見られていることに気づいていないようだ。

カワウソは男のあとをつけることにした。さて買い物も済んだし家に帰りますか、といったふうに歩を進めながら、携帯で先輩に電話を掛ける。話し中だったので、メッセージを送った。携帯をマナーモードにして手に持ったままポケットに突っこむ。間もなく折り返し電話が掛かってきた。カワウソは電話に出た。

『その怪しい男、尾行してるの？』

「はい」

カワウソは口を手で覆って小声で答えた。先輩も声を潜めている。

『わかった。あたしもすぐ行く』

「お願いします」

『気づかれたら押さえて。逃がすな』

「了解」

カワウソは電話を切ってポケットに携帯をしまった。

男は高架沿いの通りを歩いてゆく。

やがて角を曲がった。その先には低層のアパートや住宅が建ち並んでいる。

この道はまっすぐで見通しがよすぎる。カワウソは距離をとった。路地に入って顔を半分だけ出し、男の動向をうかがう。

男が振り向こうとするようなそぶりを見せたので、カワウソは顔を引っこめた。察知されたのか。

少し待って、そっと顔を出してみた。男がいない。カワウソは焦《あせ》って路地から飛びだしたくなった。いや、落ちつけ。深呼吸をして、ゆっくりと路地を出る。急いで、ただし、足音を立てないように気をつけて、最後に男の姿を確認したあたりまで進む。左手が空き地になっている。建物を取り壊して更地にしたばかりのようだ。

空き地の向こうにアパートが建っている。その敷地に入ってすぐのところに男が立っていた。携帯を耳に当てている。こっちを見た。

案の定、若い。二十代だろう。ひょっとしたら高校生くらいかもしれない。

男が駆けだした。

カワウソも走って追いかけた。ヘマをやらかしたか。また先輩に怒られる。

男はアパートの敷地から向こうの通りに出て右に曲がった。携帯で誰かと話しているみたいだが、聞きとれない。

カワウソも通りに出た。男は十五メートルほど前方を走っている。それなりに速い。でも、短距離走の走者のような速さじゃない。カワウソが全速力で走れば追いつける。

ただ、男が引きずっている紐《ひも》のようなものが気になる。あれは何だ？

男は赤信号の横断歩道をかまわず駆けてゆく。二車線の広い道だ。カワウソがその道に到達した時も信号はまだ赤だった。トラックが走ってくる。タイミング的にぎりぎりだが、カワウソは止まらずに道を渡ることにした。トラックにクラクションを鳴らされて、肝が冷えた。

男は歩行者信号脇の細い道に入った。カワウソがその細道に足を踏み入れると、ちょうど男が向かって右の路地に駆けこむところだった。さっきトラックが行きすぎるのを待っていたら、間違いなく見失っていただろう。

「ナイス、おれ……！」

自画自賛してテンションを上げる。男が駆けこんだ路地は町工場と古いアパートの間だった。ドラム缶や金属製のダストボックスが並んでいて、ただでさえ狭い路地がさらに狭められている。

男はちらっとカワウソを見て、ドラム缶を引き倒した。けたたましい音がして、横倒しになったドラム缶が路地をふさいだ。そうきたか。カワウソは目を見開いた。

「――オルバー！」

左肩にしがみついていたオルバーが、ほぼ瞬時にカワウソの背中を伝い降りて右脚に絡みつく。オルバーが見えない者にとっては何ら変化していない。しかし今、オルバーはカワウソの右脚と一体化している。

オルバーと化したカワウソの右脚、あるいはカワウソの右脚と化したオルバーが地面を蹴ると、現象としては単純だが、とんでもないことが起こった。

カワウソは飛んだ。

飛び立ったわけじゃない。でも、走り高跳びの世界記録保持者よりすごい。棒高跳びくらいの勢いだ。しかも、カワウソは冗談みたいに軽々と、嘘《うそ》のように高く飛んだ。

「うえっ……」

男が逃げることも忘れて足を止めた。

カワウソは町工場と古アパートの間をかっ飛んだ。男が大口を開けてカワウソを見上げている。見る間にカワウソは男を飛び越えた。

カワウソの右脚はオルバーの頭部だ。爪先にオルバーの口が位置している。左脚は生身だ。左脚で大ジャンプの衝撃を受け止めたら大変なことになる。だからカワウソは右脚で着地した。男の背後だ。そのまま右脚を軸にして体を反転させた。

「逃げても無駄だよ……！」

カワウソは右手で男のジャケットの襟首を引っ掴《つか》んだ。

「ぐぁっ――」

首が絞まって男は仰《の》け反《ぞ》った。

その時だった。

「っ……」

カワウソの首筋に何かが触れた。あれか。とっさにカワウソは首筋に左手を伸ばした。あった。これだ。男の袖口から垂れていた紐《ひも》みたいなもの。握りしめて引っ張ろうとしたら、するりと逃げられた。それはカワウソの左手首に巻きついて締めつけてきた。

「こっちが――」

カワウソは男の左脇腹に左の膝蹴りを見舞った。男が呻《うめ》いた。それでも左手首を締めつけているものの力は弱まらない。

「手加減してるうちに……！」

今度はオルバーと一体化している右脚で男の右脇腹を蹴りつけた。

「あがっ……！」

男が叫ぶ。男の肋骨《ろっこつ》が折れる手応えというか脚応えがあって、カワウソの左手首から紐みたいなものが離れた。自由になった左手で、すかさず男の髪の毛を掴む。男をアパートの外壁に押しつけ、右手で男の右腕をねじ上げた。

その袖口には何もなかった。例の紐みたいなやつが見当たらない。

まずい。

そう感じた時にはもう、カワウソは男を解放して跳び上がっていた。助走なしの垂直跳びでも、オルバーの右脚なら三メートルはいける。

紐は空中で身を躍らせていた。男から離れてカワウソを襲おうとしたのに、躱《かわ》されたので荒ぶっているといったところか。

しかし何なんだ、マジであれ。

見た目は蛇というよりも、やたらと長すぎるミミズだ。サナダムシっぽくもある。もちろん、ミミズやサナダムシはあんなふうに宙を舞ったりしない。おぞましいほど活動的だ。躍動感がありすぎる。そうとう気持ち悪い。

それ以上に、危険だ。

こいつの仕業なんじゃないか。カワウソはそう疑っていた。

たった半月の間に四人が変死した。その全員に穴のような傷があった。あのやけに活発で長すぎるミミズのような、サナダムシのようなやつがやったんじゃないか。穴のような傷から被害者の体内に入りこんで、心臓を止めた。

カワウソの体は重力に引かれて落下しはじめている。オルバーの右脚でやつを踏んづけてやろうとしたが、よけられた。

オルバーの右脚で着地するなり、また跳ぶ。上じゃない。前方に跳んだ。癪《しゃく》だが、一度退避したほうがいい。あのミミズだかサナダムシだかはきっと人殺しをしている。人を殺せるやつだ。カワウソも死にたくはないし、殺されてやるわけにはいかない。

路地から飛びだすと、歩道がないような小道だった。そんな道を車が爆走してくる。白いミニバンだ。近い。

「ちょっ、轢《ひ》かっ――」

下半身が破裂した。そんなふうに錯覚するほどの衝撃だった。カワウソはなんとかミニバンを回避しようとした。でも、間に合わなかった。カワウソはミニバンに撥《は》ねられて、空中で何回転かした。地面に叩《たた》きつけられた瞬間、目の前が真っ暗になった。

死んだ？

本気でそう思ったのだが、どうやらまだ生きているらしい。

「ううう……」

この唸《うな》り声。自分か。

自分の声らしい。

カワウソはうつ伏せになっていた。視界が霞《かす》んで、ぐちゃぐちゃに歪《ゆが》んでいる。痛いというか、やばい。体の感覚がない。まったくないわけじゃないと思うが、ほとんどない。

「動いてんな」

誰かが言った。誰だろう。男の声だ。

「運ぶぞ」

「このまま？　生きてんだけど。どうする？」

一人じゃない。何人かいる。

くそ。

だめだ。何が？

何がだめだって？

わからない。落ちそうだ。

意識が、真っ暗な闇に。

先輩——

#2-3_kawauso/ 呼べない名は

——……なんでだ？

最初に浮かんだのは疑問だった。最初、とは言えないか。今、この世界に生み落とされたわけじゃない。とにかく、なぜ、と思った。

死んだんじゃなかったのか。てっきり死んだものだとばかり。

なんで死んだ？

いいや、死んではいない。そうだ。死ななかった。

死ぬような目に遭っただけだ。死んでもおかしくはなかった。何があった？

何だっけな……。

よくわからないが、光だ。

光が見える。

明るくはない。でも足許《あしもと》に、光が。

自分は座っているのか。そうらしい。どうやら椅子に腰かけている。

動けない。椅子に縛りつけられているようだ。なんで椅子に？

そうか。思いだした。

車だ。

撥《は》ねられた。車に。ミニバン。白いミニバンだった。

若い男を尾行していた。気づかれて逃げられた。確保しようとしたら、男が、紐《ひも》状の、長いミミズのような、サナダムシみたいな――

「……人……外……」

あれはただの紐でも、長すぎるミミズでも、サナダムシの変異体でもない。

実体を持つ幻影。幻体、とも呼ばれる。

またの名を、人外。

人外だ。

あの男は人外を連れていた。あれはあの男の人外だ。

人外、といえば――

右脚を見る。

ない。

いない、と言うべきか。

右脚と一体化していたはずのオルバーがいない。

カワウソはうなずいて、ＯＫ、ＯＫ、と呟《つぶや》いた。英語かよ、と思う。英語？　ＯＫは英語じゃないか。英語じゃないとしたら何語だ。英語か。

何はともあれ、生きている。ここがどこかは見当もつかないが。暗い場所だ。明かりはある。たぶん電灯の明かりだろう。地面はコンクリートで、あちこちひび割れている。間違いなく屋内だ。カワウソは椅子に縛りつけられている。工場か何かだろうか。それか、廃工場。もしくは、倉庫とか。

足音がする。

カワウソは顔を上げた。目を凝らしてみたり、まばたきをしたり、息を吸ったり吐いたりしているうちに、だんだんとよく見えるようになってきた。

誰かいる。近づいてくる。カワウソの前で足を止めた。女性か。ショートカットの。それとも男性なのか。体形がわかりづらい、オーバーサイズのパーカー。トラックパンツ。大柄ではない。かなり華奢《きゃしゃ》だ。

「……起きてる？」

声からすると、女性らしい。女は少し身を屈《かが》めてカワウソの顔を覗《のぞ》きこんだ。

「ねえ、訊《き》いてるんだけど。起きてるんでしょ？」

カワウソは頭を上下に揺らしてみせた。女は振り向いた。

「ねえ！　こいつ起きてるって！」

ここにいるのはカワウソと女だけじゃない。女には仲間がいるようだ。その仲間を呼び寄せようとしているらしい。

カワウソは周囲の様子を確かめた。古い何かの機械が横倒しになっている。鉄筋の柱や梁《はり》。屋根はトタンだ。あちこちの屋根板がなくなっている。やはりここは廃工場か。少し離れた場所に、キャンプで使うようなランタンが置かれている。明かりはそれだけだ。外は暗い。

今が夜なのだとしたら、白いミニバンに轢《ひ》かれてから半日以上は経《た》っているはずだ。考えてみると、目が覚める前に夢を見たような気がする。あれは夢だったのか。違うのかもしれない。カワウソは何回か目が覚めた。でも、頭が朦朧《もうろう》としていて、すぐ眠るというか、気を失ってしまったのだろう。

ランタンの光が届くか届かないかのところに、白いミニバンが駐《と》まっている。おそらくカワウソを撥《は》ねたミニバンだ。後部座席のスライドドアが開いている。

そこから男が出てきた。ミリタリーっぽいジャケット。デニムのパンツ。ジャケットの袖口から長い、ミミズのような、サナダムシのような——人外が垂れ下がっている。

若い男が人外を引きずって歩いてくる。

「イベくん」

女が若い男に声をかけた。名前か。イベ。名字だろう。女はイベに訊いた。

「ヒデヨシさんは？」

イベは首を横に振ってみせた。

ヒデヨシ。これは女の名前でも、イベの下の名前でもなさそうだ。ということは、もう一人いる。ヒデヨシとやらは車内だろうか。

こいつらは三人組か。

サナダムシ人外のイベ。女とヒデヨシは、あの白いミニバンに乗っていたのかもしれない。カワウソは道路に飛びだしたところを轢《ひ》かれた。あれは偶然だったのか。どうだろう。轢かれた瞬間のことは正直、覚えていないし、何とも言えない。ただ、連中はカワウソを車で廃工場に運んできた。怪我《けが》の程度は不明だが、かすり傷ではないだろう。それなのに、病院に連れてゆくでもなく、ここで拘束している。常識的な措置じゃない。

イベが女の横まで来た。

「あんた、生花店ってやつだろ」

カワウソは答えなかった。イベのサナダムシ人外が、コンクリートの上をゆっくりと這《は》い進んで、カワウソの足先に迫りつつある。

「知ってんだよ。人外絡みの事件とか事故が起こると、あんたらが出張ってきて嗅ぎ回るんだよな。こそこそと、腹を空《す》かした野良犬みたいに」

サナダムシ人外をまじまじと見るのはこれが初めてだ。長い胴体は直径一センチくらいか。指のように丸まったその先っぽから、かたつむりの触覚のようなものが一本だけ生えている。

踏み潰してやろうかとも思ったが、足首が椅子にしっかりと固定されている。おかげでほとんど爪先しか動かせない。

「あんたら、あの組織の手先なんだろ？」

イベが顔を近づけてくる。カワウソはイベと目を合わせない。イベのサナダムシ人外を注視している。

「なあ？　わかってんだよ。あんたらがあの組織の手先だってことは。世界中の政治家、大企業、マスコミ。あの組織の手はどこにでも及んでる」

「……典型的な陰謀論だな」

カワウソはつい失笑してしまった。イベに肩を掴《つか》まれた。

「おぉっ……」

痛みで気が遠くなりかけた。

「無駄だよ、バーカ」

イベはせせら笑った。

「俺たちは真実を知ってる。全部、サ、リ、ヴ、ァ、ン、が教えてくれた。わかるか？　あの組織の手先にはわからないか。もう目覚めてるんだよ、俺たちは」

カワウソは息を呑《の》んだ。そのまま吸いつづけて、静かに吐く。動揺したようには見えなかったはずだ。――サリヴァン。

イベたちはサリヴァンに関係している。

ドール先輩とカワウソ。二人一組のダリア4だけじゃない。警察が言うところの花屋、生花店、特対こと特定事案対策室には、複数の実働部隊がある。その多くが、通常任務として特定事案に対処しながら、サリヴァンと呼ばれる人物をマークし、探りあてようとしてきた。

カワウソの左脚の上を何かが這《は》っている。サナダムシ人外だ。蛇が木を登るようにして、サナダムシ人外がカワウソの左脚を伝い登っている。

「俺たちはちゃんとわかってる。あんたらが、サリヴァンを見つけようとしてることも。こっちはすべてお見通しだ」

カワウソは左脚を揺すった。サナダムシ人外を振り払いたくても、椅子に縛りつけられているので無理だ。

「野良犬なんかじゃないよな。あんたらはあの組織に飼われてる。いい餌もらってんだろ。そのわりに、ぶくぶく肥え太ってるようには見えないけどな。おい」

イベが右手でカワウソの下顎を鷲掴《わしづか》みにした。

「何とか言えよ、生花店。あんたらは内閣情報調査室とかってのに属してるんだよな？　直接の上司は？　何てやつだ？　あんたらみたいなのは何人いる？　どこまでサリヴァンのことを知ってるんだ？」

「イベくん」

女がため息をついた。イベが振り返る。

「あ？」

「そんな一気に訊《き》いても。一個ずつ質問したほうがよくない？」

「……いいだろ。どうせこいつが知ってること、洗いざらい吐かせるんだ」

「それにしたって、やり方ってものがあるんじゃないのって話」

「だったら、ユキがやれよ」

「ええ。めんどくさい」

「んだよ。ふざけんな……」

「べつにふざけてないし」

「公務員だよ」

カワウソは間もなく首筋に達しようとしているサナダムシ人外を感じながら言った。

イベがカワウソの下顎を掴んでいる手に力をこめた。

「何だって？」

「おれは、しがない公務員。特別職っていうくくりだけど。何だよ、あの組織って。国のことか？　日本国政府？」

「調子に乗るな」

イベはしきりと唇を舐《な》めた。唇の皮が剥《む》けている。サナダムシ人外がカワウソの首筋をつついた。たぶんまだ皮膚に傷はついていない。団地の老女や高架下の若者の死に様が脳裏をよぎった。サナダムシ人外の触覚のような部分が、カワウソの首筋に穴をあけようとしている。サナダムシ人外はそこからカワウソの体内に入りこんでくるのだろう。きっと血管を伝って、心臓にまで。

「いいか。舐めた口たたいてると、秒で殺すからな」

イベはカワウソの下顎から手を放した。かなり感情が昂《たか》ぶっているようだ。手を握ったり開いたり、両手を組み合わせたりして、なんとか自制しようとしているらしい。

「知らないのか。政府なんて、とっくにあの組織に牛耳《ぎゆうじ》られてる。総本山みたいなものなんだよ。決まってんだろ。公務員？　まさしく組織の手先ってことだ」

「……組織。組織か」

カワウソも落ちつこうしているが、冷静ではない。正直、怖い。体の痛みをあまり感じない程度には、怖くてたまらない。

不用意にイベを怒らせないほうがいい。それとも、怒らせたくないのか。死にたくない、という気持ちが勝っているのだろうか。カワウソ自身、よくわからない。

「きみが言う、その……組織っていうのには心当たりがない。もしかしたら、おれは下っ端だからかもな」

「あんた、人外使いだろ」

「……そういう言い方は、知らない」

「人外の主《あるじ》で、人外が見える。そういうの、人外視者っていうんだよな。おまけに、自分の意思で人外を使役できる。だから、人外使いなんだよ。俺たちと一緒だ」

イベのサナダムシ人外がカワウソの首筋に触覚を押しあてている。いつでも皮膚を食い破れると言わんばかりだ。

カワウソはイベにユキと呼ばれた女をちらりと見た。俺たちと一緒、とイベは言った。ユキも人外の主なのか。ユキの人外はどこにいるのだろう。

「……一緒らしいね。人外使いか。そうだな。うん。同じだ」

「で？」

「……え？」

「あんたの人外はどこだ？」

「おれの……」

声がうまく出せない。カワウソは唾を飲みこもうとした。だめだ。口の中が乾ききっている。

「……人外？　おれの——あぁ……」

カワウソは四方八方に目をやって、オルバーを捜すふりをした。

「どこだ？　いないな、おれの人外。あれ？　変だな……いなくなってる。それこそ、いつも一緒だったのに……いない。どこにいっちゃったんだ……」

「人外が消えて主《あるじ》が平気だなんてこと、ありえるのか」

イベが呟《つぶや》いた。カワウソはその問いに答えられる。例外は常にあるにせよ、人外を喪失した主は無事ではいられない。でも、そのことを親切に教えてやる義理があるだろうか。ない。あってたまるか。

突然、大きな音がした。ドアが開いた音か。廃工場内のどこかにあるドアが勢いよく開いたらしい。

イベとユキが左のほうに視線を向けた。

「なっ――」

イベが何か言いかけた。言いきらないうちに襲われた。狼《おおかみ》だ。一頭の狼が駆けてきて、猛然とイベに躍りかかった。狼は一気にイベを押し倒して組み敷いた。

「っ……！」

カワウソは縛りつけられている椅子ごと地面に倒れこんだ。一《いち》か八《ばち》かの賭けだった。瞬時にサナダムシ人外が首筋に穴をあけてカワウソを殺すかもしれない。怖《お》じ気《け》づかずにすんだのは先輩のおかげだ。狼。もちろん、あれは狼なんかじゃない。ガルム。ガルムだ。先輩のガルム。先輩が来てくれた。

コンクリートの地面は当然、硬かった。衝撃はカワウソの全身に響いた。その直後、イタチのようなオルバーが音もなく走ってきて、カワウソの首筋と地面との間に頭を突っこんだ。オルバーは何をしているのか。見えないが、わかる。カワウソの首筋から体内に侵入しようとしていたサナダムシ人外だ。オルバーはサナダムシ人外にかぶりつき、カワウソから引き剥《は》がしてくれた。

地面とカワウソの首筋との間から出てきたオルバーは、サナダムシ人外と取っ組みあって大暴れした。

「イベくん……！」

ユキがガルムを蹴りつける。サッカーボールキックの要領だ。空振りした。蹴られる前に、ガルムはイベから飛び離れた。

イベがユキに助け起こされている間に、カワウソを椅子に縛りつけているテープか何かが切り裂かれはじめた。

「……先輩」

黒いパンツスーツ姿で白いスニーカーを履いたドール先輩がすぐそばにいる。しゃがんでテープか何かを次々とナイフで切ってくれている。

先輩は先にガルムを突入させた。イベたちの注意をそっちに向けさせて、先輩自身はカワウソ救出に動いた。そういうことか。

テープか何かを全部きれいに切ってしまうと、先輩はカワウソには一瞥《いちべつ》もくれずに駆けだした。あまりにもそっけない。一言か二言くらいはあってもよさそうなものだ。そこはまあ、先輩だし。自他ともに認める特定事案対策室実働部隊のエース。泣く子も黙るドール先輩とは彼女のことだ。

サナダムシ人外がオルバーを振りきって逃げてゆく。

「オルバー！」

カワウソは目を見開いて叫んだ。

「ガルム！」

先輩も狼男《おおかみおとこ》のようなガルムに呼びかけた。

オルバーが駆け寄ってきてカワウソの右脚に絡みつく。ガルムはもっと大胆だった。跳躍して、先輩を抱きすくめる。見るたびに毎回、カワウソは思う。いいな、あれ。なんだかちょっとうらやましい。そんなことを言ったら、先輩に軽蔑される。さんざん罵倒されそうだ。だから言わないが。

先輩がガルムの胸に抱かれる。もっともあれを、胸に抱かれる、というロマンチックな言葉で表していいのか。

ガルムの胸部から腹までがはち切れるように裂けた。その部分に先輩が吸いこまれるようにして入ってしまった。

むしろ、こんな表現がふさわしいかもしれない。

狼さんが先輩を食べてしまいました。

もっとも、ガルムは童話の赤ずきんに出てくる狼のように大口を開けたのではない。全身を縦に、真っ二つに割って、まるでそこが口であるかのように先輩を食べた。先輩を丸のみにしてしまった。

人外と主《あるじ》との結びつきは特別なものだ。主と人外は一対一。一切の誇張抜きで替えがきかない。唯一無二の組み合わせだ。たとえて言えば、目の中に入れても痛くないし、食べてしまいたいほど愛《いと》おしい。それでガルムはつい先輩を食べてしまったのか。

そんなわけがない。

先輩はガルムに食べられたのではなくて、ガルムの中に入った。あれだ。新約聖書に出てくる、羊の皮を被《かぶ》った狼。その逆か。そもそも、先輩は羊じゃないわけだが。

現れたのは、狼の皮を被った羊ならぬドール先輩だ。

なんということだろう。先輩が狼女になってしまった。

「──くっ……！」

カワウソはオルバーの右脚で地面を蹴りつけ、その反動で跳び起きた。オルバーの右脚で着地し、自前の左脚で体を支えたが、かなり心許《こころもと》ない。でも、怪我《けが》が何だ。先輩が見ている。今の先輩がカワウソを見ているのかどうか。微妙なところではある。

「デスワーム……！」

イベが声を張り上げた。人外の名前か。デスワーム。なかなかいいネーミングセンスをしている。デスワームことサナダムシ人外は、そんな主《あるじ》の期待に応えようとしたのだろう。瞬時に狼女《おおかみおんな》と化した先輩に絡みつこうとしたが、無意味だった。

狼の、ガルムの皮を被《かぶ》ったドール先輩は、控えめに言ってもやばい。

速いというか鋭くて、荒々しいほど力強い。

容赦なく凶暴で、残酷なまでに野蛮だ。

先輩は後方宙返りでもしそうな勢いで仰《の》け反《ぞ》った。そうしてデスワームを躱《かわ》しただけでは終わらない。次の瞬間には前屈して、デスワームにかぶりついた。一噛《ひとか》みで触覚めいた先端部を含む半分くらいを、さらにもう一噛み、二噛みして、残りも平らげた。

「あぁっ……」

イベがくずおれた。

人外が消えて、主が平気だなんてこと、ありえるのか。

ついさっきイベが発した問いだ。彼は身をもってその答えを知ることになった。

人外を失うと、主はショック状態に陥る。精神活動レベルの極端な低下、あるいは停止。感覚の鈍麻、もしくは麻痺《まひ》。最悪、昏睡《こんすい》のような状態に陥り、長期間にわたって、それどころか一生涯、回復しないこともある。

「た、食べっ……」

ユキはイベに引きずりこまれるような恰好《かっこう》で尻餅をついた。

「──オーメン、来て……！」

苦し紛れか。アーメンの間違い？　そうではないようだ。いったいどこに隠れていたのだろう。二十センチくらいの白いものがバラバラと降ってきた。これは、人形？　ドール先輩のDHOLEじゃなくて、DOLLのほうなのか。ただの人形であるはずがない。人形のような人外だ。梁《はり》の上かどこかに身を潜めていたらしい、何体どころか何十体もの白い人形が降り注いでくる。数が多い。オーメン。すべてユキの人外なのか。

「めずらしいタイプだな……!?」

カワウソはオルバーの右脚で地面を蹴って跳び下がった。オルバーと一体化している右脚以外はほとんど使い物にならないので、退避することくらいしかできない。悔しいが、割りきるしかない。せめて先輩を邪魔しないことだ。

あとは先輩に任せておけばいい。

ガルムの皮を被った先輩は、オーメンとやらを物ともしないでユキに迫る。

あの白い人形はさして危険そうに見えない。とはいえ、能ある鷹《たか》が爪を隠しているのかもしれない。白い人形が全部ユキの人外なのであれば、一切合切片づけなければならない、という可能性もある。だとしたら、これは手間だ。

先輩は手っとり早い方法を採った。人外を放っておいて、主《あるじ》を始末する。人外を失った主は無事ではいられない。ごく稀《まれ》な例外を除いて、主を失った人外は存在することすらできない。人外を排除できないのなら、主をどうにかしてしまえばいい。

もっとも、人外は主が気を失ったくらいではびくともしない。ならば、どうしたらいいのか。

簡単だ。

主が死ねば、人外は消滅する。

つまり、主を——人間を、殺さないといけない。

幸いなことに、カワウソはまだ自分の手で人を死に至らしめたことがない。どうしてもやらなければならない時は、むろんやる。そのつもりではいる。でも、本当にできるのか。ためらわずにやれるだろうか。

先輩は違う。カワウソのような未熟者、甘ちゃんじゃない。必要ならやる。先輩はカワウソができないことを楽々とやってのける。

実際、カワウソは目の当《ま》たりにした。人びとに危害を加える、恐ろしい、放置できない人外を処理するために、先輩はその主を、人間を、カワウソの目の前で殺《あや》めた。

またやろうとしている。先輩はユキを殺すだろう。

「先輩……!」

カワウソは先輩を止めようとしたわけではなかった。先輩だってやりたくてやっているわけじゃない。仕事だからだ。任務を遂行するため、やむをえず、やるべきことをやる。カワウソは先輩を思いとどまらせようとしたのではない。警戒をうながしたのだ。

車。何者かが白いミニバンの運転席から降りた。黒い革ジャンに同じく黒い細身のパンツ。黒いキャップを被《かぶ》って髭《ひげ》を生やしている。ずいぶん痩せていて、蜘蛛《くも》を思わせる男だ。イベやユキより年嵩《としかさ》だろう。三十前後か。ユキがイベに『ヒデヨシさんは？』と訊《き》いていた。ヒデヨシ。あの蜘蛛男がヒデヨシか。

イベもユキも人外使いだが、ヒデヨシはそうじゃない。そんなことがあるだろうか。まあ考えづらい。

人外。

あれがヒデヨシの人外なのか。

ヒデヨシに続いて、一応は人型だが、球形に近い、ぶよぶよの肉塊が白いミニバンから出てきた。あの肉塊も後部座席にいたのか。開けっ放しのスライドドアから、どろりとこぼれ落ちた。そんな現れ方だった。

異様な見た目だし、大きい。背丈はさほどでもないが、それでも並の成人男性くらいの上背はある。幅と厚みは並じゃない。太りすぎてベッドから起きられなくなった男の映像をテレビで見たことがある。あれよりひどい。

先輩が肉塊とヒデヨシに気づいたのと、ぶよよんっと肉塊が跳ね上がったのと、どちらが早かっただろう。

ヒデヨシは手に何か黒い物体を持っていた。車から降りてすぐ、それを構えた。何かというか、あれは拳銃だ。

先輩はヒデヨシの拳銃に気を取られた。カワウソだって同じだ。

人外には慣れている。動物で言えば、ライオンやヒグマのような人外とも渡りあってきた。でも、人外は銃を使わない。ここは日本だ。人外の主《あるじ》が銃火器で武装しているケースもまずない。カワウソはこれまで一度も銃を向けられたことがなかった。先輩はどうなのか。わからないが、少なくともカワウソと組んでからはないはずだ。先輩といえども、銃が目に入れば緊張しないわけがない。

ヒデヨシは銃把を片手で握り、銃身を横向きに寝かせていた。だいぶ恰好《かっこう》をつけた構え方だ。訓練を受けたプロじゃない。素人丸出しだ。あの拳銃、本物なのか。モデルガンかもしれない。ありうる。ここは日本なわけだし。ルートを知っていれば金次第で手に入れられるが、そこらで買えるものじゃない。はったりなんじゃないのか。

ヒデヨシが引き金を引いた。

「ばぁんっ！」

銃声じゃない。口だ。

ヒデヨシは口で言った。銃声を真似《まね》て声を出した。

当然、先輩は被弾しなかった。ふざけた真似を。カワウソはかっとなった。ヒデヨシがすぐそこにいたら殴っているところだ。でも、本当にただの悪ふざけだったのか。

「――っ……」

カワウソは言葉を失った。肉塊だ。

先輩めがけて、あの肉塊が落下してきた。信じられない。空中で短時間のうちに肥大化したとでも言うのか。さっきよりも明らかに大きい。大きいにも程がある。なんて巨大な肉塊だろう。それにしても、先輩らしくない。

あの先輩が躱《かわ》せなかったなんて。

拳銃のせいか。拳銃を意識させられたせいで、反応が遅れた。まんまと牽制《けんせい》された。

肉塊が完全に先輩を押し潰した。

見えなくなった。

先輩が。

肉塊の下敷きになってしまった。

助けないと。先輩を助けないといけない。カワウソはオルバーの右脚でコンクリートの地面を蹴ろうとした。迂闊《うかつ》だった。カワウソはその時までまったく気づいていなかった。

オーメン、ユキの人外、白い人形どもだ。押し寄せてくる。カワウソに群がってきた。

白い人形どもはオルバーの右脚ではなく、生身の左脚に、腰に、両腕に飛びついてきた。オーメンはあっという間にカワウソを引きずり倒した。

「あっ……！」

「うぁははは」

癇《かん》に障《さわ》る笑い声が響いた。ヒデヨシ。蜘蛛《くも》男が来る。というか、すでに来ている。頬《ほお》のこけた髭面《ひげづら》がカワウソを見下ろした。銃口をカワウソに向ける。頭に。眉間あたりに。銃身を寝かせたあの構え方だ。

「イベの人外を食いやがって。拷問はやめだ。そもそも俺らはサリヴァンが掲げる理想に魂を捧《ささ》げた戦士だからな。組織の犬は敵だ。敵は殺す。おまえも死ね」

違う。モデルガンじゃない。実銃だ。撃たれる。あの構えでも距離が距離だ。さすがに外さないだろう。これは当たる。しかも、ヒデヨシは銃把を握る右手に左手を添えた。そうしてから引き金を引いた。

必死だった。カワウソはありったけの力を振りしぼって首を左に曲げた。

極限状態でも目をつぶって観念しなかった自分を褒めてやりたい。生き抜こうとした自分自身がちょっとだけ誇らしい。

カワウソは頭の右側面に、ガッ、という強い衝撃を覚えた。右目がやけに熱かった。でも、直撃じゃない。銃弾は当たらなかった。それは間違いない。

「あぁ!?　てめぇ……！」

ヒデヨシはブチキレて、すぐさま次弾を発射しようとした。今度こそだめかもしれない。撃たれていたら、おそらくカワウソは致命傷を負っていた。頭を撃ち抜かれて即死していたかもしれない。

「──ぅうあああああああぁぁぁ……！」

獣じみた咆吼《ほうこう》だった。それでもカワウソにはわかった。先輩だ。カワウソが聞き違えるはずがない。先輩の声だ。

「何っ……」

ヒデヨシが横を向いた。銃を引っこめたわけじゃないが、銃口がカワウソからそれた。

カワウソは思いきり目を見開いた。何をどうしようとか、どうすればとか、一切考えなかった。すべてオルバーに任せた。

「オルバァァーッ……！」

右脚と一体化しているオルバーがカワウソの体を撥《は》ね上げ、白い人形ども、オーメンを振り払って、ついでにヒデヨシを吹っ飛ばした。

カワウソはぐるぐる回った。縦でも横でもない。空中で斜めに回転した。回転しながら、肉塊人外を担ぎ上げているガルムの皮を被《かぶ》った先輩、狼女《おおかみおんな》、ドール先輩の勇姿を、ちらっとだが視界に収めた。

カワウソはコンクリートの地面に落下して転がった。先輩がヒデヨシに向かって肉塊人外を投げつける。ヒデヨシは横っ跳びしてぎりぎりのところで肉塊人外をよけた。主《あるじ》が自分の人外で圧死したら笑えるのに。ヒデヨシは起き上がるのもそこそこに怒鳴った。

「行けぇ、ファットマン……！」

人外の名前か。ファットマン。ファットマン。

ファットマンがぼよよんっと弾んで、ふたたび先輩に襲いかかる。先輩は逃げずに立ち向かった。ファットマンに取りすがって、食らいつく。先輩とファットマンはもつれ合い、転げ回った。

先輩が肉塊を食いちぎる。肉塊人外から力任せに肉を引っ剥《ぺ》がす。出血はしない。肉が飛び散り、肉が削《そ》げ、陥没しても、そこからまた肉が出てくる。肉だ。あの肉塊人外はまさしく肉のかたまりなのだ。そうはいっても、肉塊人外は嫌がっている。身を、肉をよじって先輩を突き放そうとしているが、できない。先輩がさせない。

先輩が優勢だ。

だからといって、手をこまねいて決着がつくのを待っているわけにはいかない。悪いな、オルバー。あと一踏ん張りだ。カワウソはオルバーの右脚に頑張ってもらって立ち上がった。痛くてろくに力が入らない生身の左脚を叱咤《しった》する。骨とか、折れていそうだ。どうでもいい。腹は決まっていた。

カワウソはオルバーの右脚をフル回転させて駆けた。

殺す。

ヒデヨシを。

これからカワウソは人を殺す。

人殺しだろうが何だろうが、任務だ。やらないと。それ以上に、少しでも先輩の力にならないと。カワウソは汚れ仕事を先輩任せにしない後輩でありたい。先輩には世話になりっぱなしだ。でも、ずっとこのままではいられない。先輩の重い荷物を一緒に背負わせてもらえる後輩にならないといけない。

ヒデヨシは片膝立ちで先輩とファットマンの格闘を見守っていた。自覚はなかったが、カワウソは気負いすぎて何か雄叫《おたけ》びのような声を上げてしまったのだろう。おかげで気づかれた。

「――あっ!?」

ヒデヨシは即座に撃ってきた。銃をカワウソに向けて何発も連続でぶっ放した。腹を、バットか何かで土手っ腹を、どん、と強打されたかように感じてカワウソはよろめいたが、止まりはしなかった。走りつづけようとした。体勢がまるで安定しなくて、思うようには走れない。それがどうした。もともと満身創痍《まんしんそうい》で不安定だ。続けて左腕も撃たれた。大丈夫だ。カワウソはそう思うことにした。腕ならいい。

「弾《たま》が——」

ヒデヨシが引き金を引いても弾が発射されなくなった。その直後だった。ようやくだ。

カワウソはとうとうヒデヨシの首を掴《つか》み、そのまま地面に押し倒す。違うな。

右手でヒデヨシの首を掴み、ヒデヨシをつかまえた。

こいつを殺さないと。

だったら生身の右手じゃなくて、オルバーの出番だ。

「ッッッ……」

ヒデヨシが何か言おうとしている。首が絞まっていて何も言えない。いいさ。いい。

死ね。

このまま体重をかけよう。喉を潰してやる。おまえは、死ね。

死ねよ。

殺してやるつもりだったのに、何が起こったのだろう。

——ゴッ。

そんな大きな音をカワウソは聞いた。ヒデヨシじゃない。別の何かがカワウソを突き飛ばしたのか。ひょっとして、殴られたのだろうか。

カワウソは地べたに這《は》いつくばっていた。それとも寝転んでいるのか。自分が仰向《あおむ》けになっているのか、うつ伏せなのかすら判然としない。

誰か、いる。

すぐ近くに立っている。

大きな男だ。

長靴を履いて、グローブみたいな手をしている。

その巨漢はマスクをつけていた。歯が剥《む》き出《だ》しの口が描かれているマスクだ。

坊主頭なのか。帽子を被《かぶ》っているのだろうか。

虚《うつ》ろな瞳がカワウソを見下ろしている。

「……サリヴァンの――」

誰かの声がした。ヒデヨシか。ヒデヨシが言ったのかもしれない。サリヴァン。

サリヴァンの。

――の、何だって？

マスク男が片足を上げた。どうやら、長靴の底でカワウソを踏みつけようとしているらしい。痛そうだな。痛い、ではすまないか。マスク男に踏まれるとしたらカワウソだ。それなのに、なぜか他人事《ひとごと》のようにカワウソは感じていた。気が遠くなりかけている。

終わりか。

こんな終わり方かよ。先輩、ごめん。

謝ったら、怒られるかな。いちいち謝るなって。でも、ごめんなさい。本当に――

「んがあああああぁぁぁぁあぁあっ……！」

先輩。

なんで先輩の声が。

もちろん、先輩だからだ。

先輩がすっ飛んできて、マスク男をぶっ飛ばしてくれたのだ。

頼りない後輩がピンチに陥ると、いつも必ず助けに来てくれる。それが先輩だ。

「誰の許しをえて……！　かわいい後輩ボコってんだ、このクソどもがあぁぁ……！」

いざとなると敵の前に立ちはだかって後輩を背に庇《かば》い、堂々と啖呵《たんか》を切ってみせる。特定事案対策室実働部隊のエース。ダリア４のドール。ガルムの皮を被《かぶ》った先輩。おぞましくも美しい狼女《おおかみおんな》。どうよ。すごいでしょ、おれの先輩。かっこいいでしょ。誰よりもかっこいいんだよ。

カワウソは笑った。笑っているつもりだ。声は出ない。痛いのか何なのか。体が動かない。物もあまり見えない。やばいかも。これ、死ぬんじゃ？　カワウソは死にかけているのかもしれない。それでも笑いたかった。せめて笑って死にたい。

笑っている場合じゃない。笑ってなんかいられない状況だということを、カワウソは理解していなかった。

——なんで？

先輩は急にガルムの皮を脱いだ。

どうして？

ガルムはカワウソを持ち上げて背負った。

何してんの、こいつ？

「あとは頼んだ」

先輩にそう声をかけられた。小さな声で、平板な口調だった。先輩はカワウソを見なかった。でも、カワウソへの言葉だった。それはわかった。

頼む？

あ、あとは？

何なんだよ、それ。

どういうこと？

ガルムが走りだした。どうもガルムはカワウソをこの廃工場から運び出そうとしているようだ。何してんの。何してくれてんだよ。やめろ。カワウソは抵抗しようとした。やめてくれよ。下ろせ。だめだって、ガルム。なんで、こんな。力ずくでもガルムを止めたい。できるならやっている。ところが、カワウソは生死の境をさまよっていた。あたりは暗い。これは夜の闇なのか。それとも、すでに自分が意識を失っているのか。闇の中で先輩の名を呼んだ。何回も、何回も、何回も、何回も、繰り返し何回も先輩の名を呼んだ。

カワウソは先輩の本名を知っていた。

志摩瞳子《しまとうこ》。

いたずらのつもりで先輩を本名で呼んでみたことがある。瞳子さん。そう呼びかけたら、先輩は事もなげに、何だよ、灰崎逸也《はいざきいつや》、と返してきた。なんで平然としてるかなぁ。抗議すると、先輩に鼻で笑われた。だってべつにあたしの名前だもん。呼ばれたって何とも思わないよ。

先輩。

ドール先輩。

志摩瞳子先輩。

瞳子さん。

不意にカワウソは闇の只中《ただなか》に投げだされた。

カワウソを背負っていたはずのガルムがどこにもいなかった。ここはどこなのだろう。見当もつかない。ただ、冷たい草むらのようだ。近くに川が流れているのか。微《かす》かに水音が聞こえる。カワウソは一人だった。

ガルムがいない。

突然、消えてしまった。

先輩の人外、ガルムが、跡形もなく消滅した。

そのことが何を意味するのか。カワウソにはわからない。
今は理解できなくていい。
認めたくない。

＃３／
向こう側に僕らは
I'd be there for you

それからヤークは、これまでにペロリと平らげてきた子どもたちのことも思い浮かべてみる。そうすれば自分の罪が少しでも軽くなるみたいに、ヤークは、今度は自分が食われても無理はないなと思うのであった。

――『ヤーク』ベルトラン・サンティーニ

恐ろしくはなかったし、べつに気持ち悪くもなかった。ただ弟切飛《おとぎりとび》の心臓はやたらと速く脈打っていた。

「見るな」

バクが言った。

見るんじゃねえ、飛、と。

もしくは、見るな、ではなく、見なくていい、だったかもしれない。

なぜだろう。

中庭でうつ伏せになっている彼女から、飛はどうしても目を離すことができなかった。

彼女は血だまりの中にいた。その血だまりが刻一刻と領域を広げていった。彼女の指や腕、脚が、引きつるようにぴくぴくと動いていた。

「だめだ！」

誰かが飛の目をふさいだ。

用務員の灰崎《はいざき》だった。

「見ちゃいけない！　弟切くん、だめだ……！」

　そのあとのことは曖昧にしか覚えていない。

たしか救急車が来た。そして、警察も。警察官に色々質問された。訊《き》かれたことには正直に答えたと思う。午後の授業は取りやめになったらしい。飛が学校を出る頃には、生徒は全員下校していた。施設の職員が車で迎えに来ていた。いやだったが、我慢して職員の車で施設に帰った。

　一日か二日、休校になった。そのまま週末に突入した。飛は施設にある本を読み散らしたり、ぼうっとしたり、バクと適当に話したり、居眠りをしたりしていた。出歩く気にはなれなかった。

　高友《たかとも》のことが時々頭をよぎった。でも、飛は彼女をよく知らない。というか、まったく知らない。高友未由姫《みゆき》という彼女の名前さえ、警察官の口から聞いて初めて知った。知りもしない相手のことを考えても仕方ない。そもそも、考える材料がない。

　なぜ高友は飛び降りたりしたのか。

　飛にわかるわけがない。

　月曜の朝、施設を出ようとしたら、登校したくなければ無理しなくていい、と職員に言われた。飛は無視した。

「いいのか？」

バクに訊《き》かれた。

「何が？」

飛《とび》は訊き返した。バクは何も言わなかった。

校門の前に黒縁眼鏡《めがね》の教員が立っていた。いつもは憎々しげな眼差《まなざ》しを向けてくるのに、今朝は飛を見つけると眼鏡を押さえて下を向いた。

「調子が狂うな……」

バクが呟《つぶや》いた。

飛は靴箱で靴を履き替えて教室に向かった。どこか物足りないというか、がっかりしている自分がいた。

教室に入る間際に気づいた。

きっと、白玉《しらたま》が待ち伏せしていなかったからだ。

二年三組は静かだった。皆が皆、黙りこくっているわけじゃない。友だち同士で何やら話しこんでいる生徒もいる。しかし、普段と比べて明らかに声が小さい。誰も彼も遠慮がちにしゃべっている。笑い声は聞こえない。誰も笑っていない。

白玉は自分の席に座っていた。飛の姿を見て、わざわざ立ち上がった。それからどういうわけか、お辞儀をした。

「おはようございます」

「……おはよう」

同級生たちの視線を感じた。教室にいる生徒の大半が飛を見ていた。

「目撃者だからな」

バクが半笑いで言った。そうか。

そういうことか。

高友未由姫《たかともみゆき》は重体らしい。

朝のホームルームで、担任のハリーこと針本《はりもと》が皆にそう説明した。

「病院で治療を受けていますが、まだ意識は戻っていないとのことです」

針本はお馴染《なじ》みの赤ジャージではなく、白いワイシャツを着て黒っぽいスラックスを穿《は》いていた。その理由はわからない。飛には見当もつかない。

「みんなも心配だと思うし、何かわかったらまた先生から伝えます。妙な噂《うわさ》が流れたりもしてるようだが、信じないでくれ。いいな」

妙な噂とは何だろう。

飛にはわからない。

わからないことばかりだ。

この世界は飛が知らないことで構成されている。

二年三組には、飛《とび》を除くと三十五人の生徒が在籍していた。三十五人のうちの一人は、保健室登校をしている雫谷《しずくだに》という女子生徒だ。飛は一度も彼女を見たことがない。だから実質、三十四人。その三十四人と飛との間には、何か透明な膜みたいなものがあった。その薄いのに破れない膜が、飛と三十四人とをほぼ完全に隔てていた。

飛は無性にあの膜が懐かしかった。

あの膜が健在なら、こんなふうに同級生たちのことが気になったりはしない。同級生たちもまた、飛のことなんて気にしないはずだ。

授業中なのに、飛をちらちらと見る生徒がいた。窓の外に目をやるふりをして、さりげなく飛の様子をうかがう生徒もいた。

飛も知《し》らず識《し》らずのうちに教室を見回していた。そうするとたいてい誰かと目が合って、やけに気まずい思いをする羽目になった。

白玉《しらたま》は何か思い詰めているようで、うつむいていることが多かった。もともと色が白いけれど、それにしても血色が悪い。具合がよくないのか。あまり眠れていないのかもしれない。

白玉は高友《たかとも》と親しいのだろうか。飛は知らない。

二時間目と三時間目の間の休憩時間に、女子生徒が泣きだした。それまで彼女は別の女子生徒二人と小声で何か立ち話をしていた。そのうち嗚咽《おえつ》を漏らしはじめたのだ。

「ちあみ……」

二人の女子生徒は見るからに狼狽《ろうばい》していた。

すすり泣く女子生徒の背中には、コウモリのような、モモンガのような変なのがしがみついている。

紺《こん》ちあみが泣いていた。

白玉が紺ちあみに近づいてゆこうとした。でも、途中で足を止めた。

やがて二人の女子生徒が紺ちあみを連れて教室から出ていった。三人は授業の開始を告げるチャイムが鳴ってから戻ってきた。教師は三人を叱らなかった。

三時間目が終わると、「言わざる」ポーズのメガネザル的な変なのを短髪頭に載せた正《まさ》宗《むね》こと正木宗二《まさきしゅうじ》が、黒板の前で咳払《せきばら》いをした。

「あのさ。わかるんだけど、この空気はどうなのって思うわけ。いや、わかるよ？　わかるんだけど。俺らが凹《へこ》んでたって、どうにかなるわけでもないっていうか。騒いだほうがいいとか言ってるわけじゃなくてさ。もうちょっと普通にしとかね？」

同級生たちの反応は鈍かった。約八割は戸惑っていて、残りの二割はやや反感を抱いている。飛の見たところではそんな具合だった。

「――すびばせん！」

正宗は教卓に両手をついて眉を八の字にした。泣き顔のつもりらしい。

「俺、余計なこと言っちまいました。ごべんださいっ……」

少しだけ笑いが起こった。こんな状況で、よくふざけられるものだ。飛《とび》はむしろ感心したが、気分を害した者もいるらしい。

「ふざけんな、マジで」

一人の男子生徒が、低い声で吐き捨てるようにそう言った。それだけじゃない。男子生徒は床を蹴った。靴の裏で床を擦るような蹴り方ではあったものの、多少は音がした。飛はその男子生徒と席が近かったので、ちょっと驚いた。机に掛けてあるバクも身震いして、「おっ……」と声を発した。

目が隠れそうなほど前髪が長い。たしか名字はアサミヤ。浅宮《あさみや》だったと思う。浅宮何とか。忍《しのぶ》。そう。浅宮忍だ。

正宗《まさむね》が浅宮を見た。でも、正宗はすぐに浅宮から目を逸《そ》らした。ふざけんな、マジで。浅宮の一言が耳に入ったわけじゃないのか。

ただ、正宗が頭の上にのっけている例の言わざるは、メガネザルめいた両眼《め》で浅宮を見すえている。

そんな気がするだけだろうか。あるいは、飛の考えすぎかもしれない。

言わざるはともかく、紺《こん》ちあみは間違いなく横目で浅宮を見ていた。彼女の背中にしがみついている変なのまで、人間の赤ちゃんのような顔を浅宮のほうに向けている。

ふと飛の頭にあの疑問が浮かんだ。

高友未由姫《たかともみゆき》はどうして飛び降りたりしたのだろう。


給食をまたたく間にすませると、飛はバクを引っ担いで教室を出た。天気は悪くない。でも、中庭が封鎖されている。事件現場だからだ。中庭を経由しなくても、外に出さえすれば屋上には登れる。それもちょっと考えてみたが、気乗りしなかった。屋上には行きたくない。高友が飛び降りたせいだ。校舎の屋上から一人の女子生徒が、同級生が、飛び降りた。彼女はなぜ飛び降りたのだろう。

飛は学校の廊下を駆け巡るように早歩きした。あてはなかった。じっとしていると気分が悪い。

こんな時に限ってバクが何も言ってこない。むっつりと黙りこくっている。飛は少し腹が立った。黙っているバクなんて、ただのバックパックだ。

屋上には行けない。高友が飛び降りたせいだ。

高友のせいか。高友が悪いのだろうか。

そんなことはないと思う。高友だって好きで飛び降りたわけじゃないだろう。飛び降りたらどうなるか。想像がつくはずだ。無事ではすまない。大怪我《おおけが》をする。

死んでしまうかもしれない。

飛《とび》には理解できなかった。高友《たかとも》の気持ちがちっともわからない。わかるはずもない。

そのうち給食の時間が終わった。生徒たちが廊下を行き交うようになると、飛は人がいないところを探して歩いた。まるで逃げ隠れしているみたいで、馬鹿みたいだ。

なぜかバクがしゃべらない。

ひょっとして、ただのバックパックなんじゃないか。実はずっと、ただのバックパックだったのかもしれない。

飛はそんなことを考えたりもした。もちろん、そんなわけがない。

いいかげん、何か話せよ、バク。

言ったら飛の負けだ。負けなのか。いったい何の勝負なのだろう。

特別教室棟三階の廊下にはひとけがなかった。なんだか疲れてしまい、飛は階段に腰を下ろした。

特別教室棟は三階建てだ。飛が座っているのは上り階段だった。この階段は屋上へと続いている。飛のように外壁をよじ登るのでなければ、この階段を使わないと屋上には上がれない。

高友はこの階段で屋上へ向かったはずだ。階段を上がってゆくと扉がある。施錠されている扉を、高友はどうにかして開けた。

屋上の鍵がなくなった。

用務員の灰崎《はいざき》がそう言っていた。

おそらく高友がその鍵を持っていたのだろう。職員室の壁、たしか教頭先生の机の近くに、たくさんの鍵がずらりと並んで掛けられている。高友はあそこから屋上の鍵をくすねたのか。かなり目立つ場所だし、なかなか難しそうだ。

とにかく、たぶん高友は、その鍵を使って解錠した。扉を開け、屋上に出た。そして、飛び降りた。

飛は中庭に落ちたあとの高友をまじまじと見たはずだ。それなのに、細かい部分は思いだせない。高友はうつ伏せだった。でも、顔は？　下向きだった？　それとも、横を向いていただろうか？　腕や脚は曲がっていたか？　まっすぐだったか？

目をつぶって思いだそうとすると、心臓が暴れだす。胸が苦しくなる。

だめだ、思いだすな。

心臓が飛を押しとどめたがっているかのようだ。

「……何なんだよ」

靴音が聞こえる。誰かが階段を上がってくる。二階から三階へ。飛は三階から屋上への階段に腰かけている。ため息がこぼれた。

飛は立ち上がろうとした。

「あっ」

階段を上がってきたのは白玉《しらたま》だった。飛《とび》を見つけると、白玉は顔をほころばせた。

「ここにいたんですね、弟切《おとぎり》くん」

「まあ……」

飛はうつむいて階段に座り直した。白玉はしばらく飛の前に立っていた。二人とも口を開かなかった。ややあって、白玉は飛の隣に腰を下ろした。

「飛を捜してたのか、お龍《りゅう》？」

バクが訊《き》いた。白玉はうなずいた。

「はい。お話がしたくて」

「つまらねえだろ。こんなやつと話したって。飛はオレと違って口下手だからな」

「そんな。つまらなくなんてないです」

白玉は膝の上に置いたポシェットをいじっている。

「わたし、弟切くんと話していて、つまらないと感じたことは一度もありません」

「まだ、ちょっとだけだし……」

飛は言葉を選びながら、ポシェットをもてあそぶ白玉の指を見ていた。爪がきれいに切られている。白い部分がまったくない。

「話すようになってから、あんまり時間、経《た》ってないし」

「そういえば、そうでした」

白玉はそれから、「不思議」と呟《つぶや》くように言った。何が不思議なのだろう。飛は尋ねようとした。なぜだか訊けなかった。


結局、白玉とはろくに話をしなかった。無言だったわけじゃない。でも、会話と呼べるような会話は交わさなかった。人が通って、何やってるんだこいつら、みたいにじろじろ見られても、白玉は気にならないようだった。飛は正直、いくらか気になった。白玉が問題ないならまあいいかという感じで、徐々にどうでもよくなっていった。

午後の授業が始まる間際まで、二人は特別教室棟の階段にいた。たまに当たり障《さわ》りのない受け答えをするくらいで、あとはただ並んで座っていた。

いやではなかった。黙っていても気詰まりにならないのが不思議だった。

五時間目の最中、前髪の長い浅宮忍《あさみやしのぶ》が突然、挙手した。

「どうした、浅宮？」

教師が気づいて声をかけた。浅宮は右手を挙げてこそいるものの、机に両肘をついてうなだれていた。何も言おうとしない。

教室がざわついて、そのうち静まり返った。ようやく浅宮が口を開いた。

「具合、悪くて」

「そうか。無理しないほうがいいな。このクラスの保健委員、誰だ？」

教師が呼びかけると、紺《こん》ちあみが手を挙げた。

「私です」

「紺、浅宮《あさみや》を保健室に連れてってやれ」

「はーい」

紺が席を立とうとしたら、大きな音がした。紺じゃない。浅宮が立てた音だった。浅宮は椅子を撥《は》ねのけるように立って、ばたばたと出入口に向かった。

紺が慌てて浅宮を追いかけた。

「浅宮くん！」

「来るな！」

浅宮は出入口の戸を引き開けて、紺を睨《にら》みつけた。すごい剣幕《けんまく》だった。紺はびくっとあとずさった。

「一人で、大丈夫だから……」

浅宮は言い訳でもするような弱々しい口調でそう言い添えて、教室から出ていった。

誰かが小声で「怖っ……」と言った。

あちこちで様々な声が連鎖的に上がった。

「静かに！」

教師が、ぱんぱん、と両手を打った。

「授業中だぞ。紺は席につけ」

「でも……」

紺は教室の出入口と誰も座っていない浅宮の席を交互に見た。浅宮のことが心配なのだろうか。

飛《とび》はなんとなく正宗《まさむね》に目を向けた。正宗は口の前あたりで両手を組み合わせていた。偶然かもしれないが、頭の上の言わざると似ているポーズだった。

紺が自分の席に戻ると、教師が授業を再開した。

いいのかな、飛は思った。浅宮を放っておいていいのか。浅宮はちゃんと一人で保健室に行ったのだろうか。

白玉《しらたま》と何度か目が合った。白玉は微妙に眉をひそめ、わずかに口をすぼめていた。授業の終わり頃に目が合った時には、白玉が何か言いたげに唇を動かした。何を言おうとしているのか、はっきりとはわからなかった。

五時間目の終わりを報《しら》せるチャイムが鳴ると、飛は教師が終了を宣言するよりも早く席を立った。教室を出る直前に、バクを忘れてきたことに気づいた。

「おい、飛《とび》！　こら！　おまえ！」

バクが叫んでいる。飛は無視して教室を出た。廊下をせかせかと大股で歩いて、自分はどこへ行こうとしているのだろう。とりあえずトイレに向かってみたが、用はない。飛の目的地はここじゃない。

飛は保健室の前で足を止めた。自分の足で来ておきながら、ここか、と思った。ここだった。

保健室だ。

飛はどうしても浅宮《あさみや》のことが気になっていた。浅宮は保健室にいるのか、いないのか。確かめておきたい。

確かめて、どうするのか。べつにどうもしない。浅宮とは口をきいたこともない。話したいとも思わない。

何かおかしい。飛はおかしなことをしている。我ながら奇妙だと思う。

いや、まだ実行に移していない。今なら間に合う。引き返せばいい。

「弟切《おとぎり》くん！」

白玉《しらたま》が息せき切って走ってこなければ、飛はきっと踵《きびす》を返していた。白玉は飛のそばまでやってくると、前屈《まえかが》みになって胸を押さえた。

「……わ、わたしも、あっ、浅宮くんのっ、ことが、気に、なって……」

「だからって全力疾走してこなくても……」

「うぅ……弟切くん、すごく速くって。お、追いつこうとしたら……」

白玉はスカートのポケットからハンカチを出し、それで顔を拭いた。

「汗をかいてしまいました」

「追いつく必要、あったのかな……」

「言われてみれば。なんとなく、です」

「あの……」

飛は言い淀《いよど》んだ。すかさず白玉が「んん？」と顔を近づけてくる。飛は少々腰が引けてしまったが、あとずさりはしなかった。なんとか踏んばった。

「僕、浅宮……とは、なんていうか、接点がないんだけど……」

「わたしはけっこう仲よしで」

「あ、そうなんだ」

「一年生のときも同じクラスでした。たまに世間話をする間柄です」

「たまに、世間話……」

「今日は晴れているね、とか、この頃暑いね、とか、もう寒いね、とか」

「それって、仲いいの……？」

「仲が悪い人とは、天気の話なんてできないです」

「……そういうもんか」

「違うでしょうか？」

「どうだろう。人付き合いのことは、僕にはよくわからないし。白玉《しらたま》さんのほうが正しいんじゃ……」

「わたしのほうが正しい？」

「たぶん」

「弟切《おとぎり》くんに自分の意見を肯定してもらえると、何か嬉《うれ》しいです」

白玉は照れくさそうに下を向いて、ハンカチをポケットにしまった。

保健室には白玉が先に「失礼します」と一声かけてから入った。飛《とび》は保健室を利用したことがない。でも、保健室に白衣姿の養護教諭がいることは知っていた。

養護教諭はいなかった。

その代わりなのかどうか。

背もたれ付きの椅子に、眼鏡《めがね》をかけた女子生徒が脚を組んで座っていた。

「あれ」

女子生徒は白玉を見ると、眼鏡の奥の目をしばたたかせた。

「白玉団子じゃん」

「雫谷《しずくだに》さん」

白玉はさして驚いているふうでもなく、会釈をして「こんにちは」と挨拶をした。すっかり忘れていた。

同級生の一人が保健室登校している。そのことを飛に教えてくれたのは白玉だった。だから当然、白玉はその女子生徒が保健室にいることを予期していたのだ。

「相変わらず馬鹿丁寧だね、白玉団子」

雫谷は鼻先で笑った。机に肘をつき、片手でペン回しをしている。不登校になって、その後、保健室登校しているというわりには、ずいぶんリラックスしているようだ。

「ていうか、白玉団子って……」

飛がぼそっと言うと、雫谷はペン回しをやめた。

「きみは名前、何だっけ。三組の超絶変人くんだよね。あ、白玉団子、教えてくれなくていいから。自力で思いだしたい。思いだせる気がするんだよね。うーん……そっか、わかった、あれだ。弟切飛。当たりでしょ？」

「……そうだけど」

「今からきみのことはトビトビって呼ぶから」

「ええ……」

「オビオビかギリギリかトビトビだったら、どれがいい？」

「……まあ、トビトビかな」

「じゃ、トビトビで決定」

「何、この人……」

「雫谷《しずくだに》でーす。ルカちんっていいまーす。フルネームは雫谷ルカナ。ルカちんって呼んでもいいけど、微妙にムカつくから、ほんとに呼んだらボコる。よろしく」

雫谷はペンの先で「えいっ」と空《くう》を突いてみせた。飛《とび》としてはボコられたくも刺されたくもない。ルカちんと呼ぶのは避けたほうがよさそうだ。べつにそんな馴《な》れ馴《な》れしい呼び方をしたくもない。

飛は保健室をざっと見回した。背もたれのない長椅子が一台。丸テーブルが一卓あって、その上にノートパソコンが置かれている。椅子が二脚。ベッドはカーテンで仕切られていて、全部で三台ある。そのうち手前の一台だけカーテンが閉まっていた。

「雫谷さん、浅宮《あさみや》くんは保健室に来ましたか？」

白玉《しらたま》が訊《き》くと、雫谷はペン先でカーテンが閉まっているベッドを指し示した。

「いるけど。休んでる。なんか具合悪いとか」

白玉は天井を仰いで目を閉じた。両手を胸に当ててため息をつく。

「……よかった」

「あん？」

雫谷が首をひねって飛を見た。なぜ飛に視線を向けるのか。飛は目を逸《そ》らした。

カーテンが開いて、浅宮《あさみや》が顔を出した。

「白玉《しらたま》さん……弟切《おとぎり》まで。何しに来たんだよ？」

浅宮は体調よりも機嫌が悪そうだ。上目遣いで睨《にら》まれて、白玉はすっかりしょげ返っている。

「浅宮――」

飛《とび》はそこまで言って迷った。くん、か、さん、と付けるべきだろうか。浅宮は飛を弟切と呼び捨てにした。いらないか。

「髪」

「……え？」

「前髪。長いけど」

「ああ……」

「朝、校門のところにいる、黒縁の眼鏡《めがね》かけた――」

「八柄島《やがらしま》先生？」

「名前までは知らないんだけど。あの先生に注意されない？」

「されるけど。たまに」

「だろうね」

「うん」

「それだけ」

言い終えてから飛は思った。自分は何を言いたかったのだろう。飛がわからないのだから、浅宮はもっと困惑しているに違いない。

「……マジで何しに来たの？　白玉さんはともかく、弟切、俺と話したことないよね？」

「そうなんだよな……」

「てか、俺だけじゃなくて、弟切が誰かと話してるとこ、ほとんど見たことないし」

「ううん……」

飛は思わず唸《うな》った。飛が浅宮の立場なら、とても奇異に感じるだろう。

「ええと！」

助け船を出してくれたのか。白玉がやや強引に割りこんできた。

「浅宮くん、お体の具合のほうは？　どこか痛むところでも？」

「……そういうわけじゃ」

浅宮はベッドに腰かけている。靴は履いていない。床に脱ぎ揃えられている。飛は目を瞠《みは》った。

ベッドの下に何かいる。浅宮は気づいていないのか。それは浅宮の足許《あしもと》にいるのに。視界に入っていないのだろうか。目を落とせば必ず見えるはずだ。小さくはない。何しろ、人間の上半身くらいはある。けっこうな大きさだ。

形態も人間の上半身にいくらか似ていて、それには腕がある。ただし、二本じゃない。四本も生えている。頭もある。禿頭《とくとう》だ。顔立ちはよくわからない。人間のようでも得体の知れない別の生き物のようでもある。目が一対じゃない。二対だ。四つもある。

飛《とび》はそれとなく白玉《しらたま》の表情をうかがった。白玉はちらっと飛を見て微笑《ほほえ》んでみせた。微笑むような顔つきをすることで、飛に何か伝えようとしたのだろう。

飛は白玉から雫谷《しずくだに》のことを聞かされていた。二年三組の空席の主。保健室登校をしている。白玉は一年の時、同じクラスだった。

そして、変なのを連れている。

飛のバク。

白玉が鞄《かばん》に潜ませているチヌことチヌラーシャ。

正宗《まさむね》の言わざる。

紺《こん》ちあみのコウモリのようなモモンガのようなやつ。

それらと比べても、雫谷の変なのはかなり変だ。グロテスクといっても過言じゃない。ほぼモンスターだ。姿形がそもそも不気味だし、動作も気色が悪い。

雫谷のモンスターは四本の腕をくねらせ、手指をわさわさと蠢《うごめ》かせて、おぞましいほど滑らかに床を移動しはじめた。おまけに壁まで登れるらしい。まるで虫だ。あの大きさの虫がいたらだいぶ恐ろしい。しかも、見た目がちょっと人間っぽい。もはや悪夢だ。

雫谷のモンスターは壁伝いに天井の隅っこまで進むと、四本の腕を器用に縮めてそこにぴったりと収まった。四つの目があっちこっちへ、ばらばらに動いている。

「なんか、変だろ」

浅宮《あさみや》が暗い声音で言った。雫谷のモンスターのことか。飛は一瞬そう思ったが、浅宮は別の話をしているようだ。

「うちのクラス。変なんだよ。俺、もう耐えられなくて……」

「変？」

雫谷がペン回しをしながら誰にともなく訊《き》いた。質問しておきながら、雫谷は「あ、そっか」と自分で答えを出した。

「事件ね。飛び降り事件。全然まともだったら、あんなこと起こらないか。そりゃそうだ。やばいよね。ルカちんは保健室組なんで、事情はさっぱりだけど」

浅宮は舌打ちをして、苛立《いらだ》たしそうに頭を振った。

「わからないなら、何も言うなよ」

「おっかなっ」

雫谷は震え上がって自分の肩を抱いた。わざとらしい震え方だった。

「そういうの、やめて？　怖いって。ルカちん、不登校だったんだから。ようやく保健室登校できるようになったんだよ？」

「知るかよ。ミユは意識不明の重体なんだぞ。助かるかどうか……」

今度は浅宮《あさみや》が震えだした。雫谷《しずくだに》と違って、本当に体が震えて止まらないようだ。

「ごめんなさーい」

雫谷は合掌した。心から謝っているようには見えない。

「ミユって誰って話だけど。誰？　あ、高友《たかとも》さん？　高友未由姫《みゆき》だっけ。名前。それでミユか。え？　もしかして付き合ってる？」

「そんなわけないだろ。……違うよ。家が近くて、幼馴染《おさななじ》みっていうか。でも、中学に上がってからは、しゃべったりとかもそんなに。ただ、親同士も知ってるし……」

「家族ぐるみのお付き合いなんですね」

白玉《しらたま》が納得がいったようにうなずくと、浅宮は「だから！」と声を荒らげた。

「付き合ってないって、何回言えば……」

「浅宮、ずいぶん情緒不安定じゃない？」

雫谷が軽く笑った。モンスターを連れた空席の主はあまり性格がよくなさそうだ。

「でも、たしかに二年三組《あのクラス》は問題ありそう。ルカちん、週五で保健室に出勤してるから、把握してるんだけど。わりと多めだよね。お腹《なか》イタとかでここ《こ こ》に来る三組さん。ああいうのって、けっこうメンタルが原因だったりしない？　そのへん、自慢じゃないけどルカちんは若干詳しくて。当事者だけに？」

「……ミユも？」

浅宮が尋ねた。雫谷は「イエース」となぜか英語で即答した。

「最近、何回か来てたね。少し休んでったり、薬もらってったり。あとは、ぱっと思いつく人だと、吉沢《よしざわ》くん？　イケメンの。それから、村浜《むらはま》さんとか下前田《しもまえだ》さんも、前はちょくちょく来てたかな。あ、一緒じゃなくて、別々ね」

飛《とび》が名前を聞いて顔が思い浮かぶのは吉沢だけだった。イケメン、と雫谷は言ったが、爽やかでやさしげな美男子だ。

「村浜、下前田……」

浅宮は呟《つぶや》いて、右手の親指を噛《か》んだ。

「二人とも、紺《こん》と仲がいい女子だ。ミユもちょっと前まで、紺とよくつるんでた」

飛は白玉と顔を見合わせた。

紺ちあみの背中には、常にコウモリのような、モモンガのような変なのがしがみついている。

だから、それがどうしたというのか。

具体的には説明できないが、どうも引っかかる。

白玉が目を伏せて言った。

「紺さんは、かなりショックを受けているみたいだけれど……」

事実、二時間目と三時間目の間に、紺《こん》は人目をはばからずに泣いていた。紺を慰めていた二人の女子生徒が下前田《しもまえだ》と村浜《むらはま》なのだろう。

「どうでもいいけどな」

浅宮《あさみや》は両手で頭を抱えた。髪の毛をぐしゃぐしゃにする。

「……誰が泣こうと、喚《わめ》こうと、ミユがよくなるわけじゃないし。よくなる見込みがあるのかどうかも、わからないし。わからないって、やばいよな。俺、怖くて……眠れないんだよ。悪いことばっかり考えちゃって。意識不明って……どんな感じなんだろ。音とかも聞こえないのかな。夢を見たりもしないってこと？ それでも、微《かす》かに感覚があったりしないのかな。ミユは病院で……一人で、寂しくないのかな。動けなくて、痛いだろうし。俺、なんで何も気づいてやれなかったのかな。違う……そうじゃない。本当は、思ってたんだ。ミユの様子がおかしいって。どうかしたのかなって。だけど、もうずっと、まともにしゃべってないし。いきなり話しかけたら、キモいかもだし。それで……俺は何もしなかった。気になってたのに。まさか、あんなことになるなんて……」

雫谷《しずくだに》は窓の外に目をやってペン回しをしている。雫谷のモンスターは天井の隅から動こうとしない。

チャイムが鳴った。

浅宮が顔を上げて、どんよりした目で飛《とび》と白玉《しらたま》を見た。

「行かなくていいの？　六時間目、始まるんじゃない」

「そう……ですね」

白玉はチヌが中にいるポシェットを抱きしめた。迷っているのだろうか。

「サボる？」

試しに訊《き》いてみたら、白玉は、とんでもない、というふうに首を左右に振って長い髪を揺らした。

「サボらないです。そうではなくて……浅宮くん」

「何だよ」

浅宮はカーテンに手をかけた。

「俺、少し横になりたいし。授業出るなら、さっさと行けよ」

「お見舞いに――」

「……は？」

「行きませんか。高友《たかとも》さんが入院している病院に。よければ、一緒に弟切《おとぎり》くんも」

「えっ」

完全に意表を衝《つ》かれた。

白玉がやけに真剣な眼差《まなざ》しで飛を見つめている。これはもしかして、頼まれているのだろうか。飛の勘違いでなければ、お願いされている。そう思えてならない。

お見舞い？

病院に？

高友《たかとも》の？

どうして？

行ったところで、ちょっとした病気や骨折じゃない。高友は重体だ。意識不明だという。いわゆる面会謝絶なのではないか。でも、そんなことは白玉《しらたま》だってわかっているはずだ。それなのに、何か理由があって見舞いに行こうと言っている。どうやら白玉は、飛《とび》について来てもらいたがっているようだ。

「……まあ、いいけど」


放課後、飛は浅宮《あさみや》と白玉についてゆく恰好《かっこう》で、高友未由姫《みゆき》が入院している病院へと向かった。病院までは歩いて十五分かかった。

浅宮が総合受付で掛け合ったが、高友は集中治療室《ICU》にいて、やはり面会謝絶だった。家族でも限られた時間しか顔を見られないという。

「だよ、な……」

浅宮は待合室のベンチに倒れこむようにして腰を下ろした。飛と白玉は座らなかった。

「勢いで来てみたはいいけど、会えるわけないし……」

「高友さんは集中治療室にいるんですよね。行ってみませんか？」

白玉はあきらめていないのか。なぜあきらめずにいられるのだろう。飛には理解できない。浅宮も戸惑っている様子だった。

「中には入れないだろうし、無駄だと思うけど……」

「念のためです」

白玉はあくまでも行くつもりのようだ。

「お龍《りゅう》って、意外と押しが強いんだな」

バクが呟《つぶや》いた。白玉はちらっとバクを見て、ちょっとだけ口許《くちもと》を緩めてみせた。

壁に掲示されている院内見取り図で確認したところ、ＩＣＵは本棟の三階にあるらしい。三階にはエレベーターで簡単に上がることができた。でも、ＩＣＵの手前にはドアがあって、施錠されている。病院の職員がＩＤカードでロックを解除するか、インターホン越しに頼んで中から開けてもらわないと、その先には立ち入れない。

「だから言ったじゃないか……」

浅宮は腹を立てているというより悲しそうだった。引き返す途中、小さな待合室があることに気づいた。そこのベンチに座っていた女性が浅宮に声をかけてきた。

「忍《しのぶ》くん？」

その女性は高友《たかとも》の母親らしい。浅宮《あさみや》が近づいてゆくと、女性は涙目になった。

「わざわざ来てくれたの？　ごめんなさいね、忍《しのぶ》くん。ミユね、会わせてあげられる状態じゃなくて……」

「いえ、会えないのは覚悟してたっていうか……でも、じっとしてらんなくて……」

浅宮は声を詰まらせながら、高友の母親に白玉《しらたま》と飛《とび》を同級生だと紹介した。高友の母親は何回も頭を下げて、来てくれてありがとう、と礼を言った。

飛は正直、居たたまれなかった。

高友の母親は気の毒だと思う。ただ、飛は高友に対してどんな感情を抱いているのか、自分でもよくわからない。高友の母親に話すべきだろうか。高友が飛び降りるまさにその瞬間を、飛は目撃した。高友を止められなかった。止めようがなかった。飛はそのことを高友の母親に詫《わ》びたほうがいいのか。謝らないといけない。悪かったと感じているのだろうか。微妙なところだ。

とりたてて罪悪感のようなものを感じていない弟切《おとぎり》飛という人間は、心が冷たいのかもしれない。

そんな心の冷たい人間が、なぜここにいるのか。

高友が入院している病院に。

白玉が飛の袖を軽く引っぱった。

浅宮は高友の母親と話しこんでいる。どうやら白玉はここから離れたいようだ。飛はうなずいた。

白玉についてゆくと、どういうわけかＩＣＵに戻る羽目になった。当然、ドアは閉まったままだ。

「入れないんだろ」

飛が言うと、白玉は答えずにポシェットを開けた。

ポシェットの中からもふもふした小動物が出てきた。頭に二本の角が生えている。言うまでもない。チヌことチヌラーシャだ。

チヌはポシェットから白玉の腕にひょっと跳び移った。とろくさくはないものの、やや心許《こころもと》ない身のこなしだ。それでもチヌは白玉の腕を伝い登って、とうとう右肩の上にまで達した。体をこちらに向けたチヌは、何やら得意げだ。

「よう」

バクが気安く挨拶すると、チヌは小首を傾《かし》げ、うゅー、といったような声を発した。チヌの真似《まね》をしようとしたわけじゃないが、飛も首を傾げた。

「……え？　何？」

「チヌ」

白玉は首をすくめるようにしてチヌに頬《ほお》ずりした。チヌは微動だにしない。

飛《とび》が口を開こうとしたら、バクに制止された。

「しぃっ。黙ってろ、飛」

何なんだよ。

抗議してもよかったが、バクだって意味もなくそんなことは言わないだろう。飛はじっと白玉《しらたま》とチヌを眺めた。

チヌはなんだかとろんとしている。

眠たそうだ。

「ここだと、届かない？　どう？　チヌ……」

白玉がチヌに囁《ささや》いた。

何が届かないのか。

チヌの小さな口が動いた。

「どうして」

はっきりと聞こえた。声だった。鳴き声じゃない。チヌの声とは違う。白玉の声でもない。もちろん、飛でもバクでもない。

「どうして、あたしの。――あたしの……」

男性じゃない。女性の声だろう。飛は寒気がした。

「……なっ――え？　誰の……」

「あたし……どうして……鍵……だって……鍵が……」

チヌなのか。チヌは人間が言葉を発する時のように口を動かしているわけじゃない。でも、小さすぎるほど小さな口を開けたり閉じたりしている。ということは、チヌがしゃべっているのか。

どうしてチヌが。

これがチヌの声なのか。

「鍵……屋上の……鍵……机の中に……鍵が……」

若い女性の声のように聞こえる。

鍵。

屋上の、鍵？

机の中？

「あっ――」

飛は身震いした。その声に聞き覚えがあったわけじゃない。同じクラスでも顔と名前が一致するのはごく少数だ。声なんてよほどのことがないと覚えていない。だから、もしかして、と飛は思っただけだ。チヌの口から彼女の声が出てくる。そんなことがありえるのか。筋が通らない。突拍子もない思いつきだ。

高友未由姫《たかともみゆき》の声なんじゃないか、なんて。

「なんとか、届くみたい」

白玉《しらたま》がそっと言う。

「高友《たかとも》さんの、声」

それは聞こえないはずの声だ。

響くはずのない声だ。

彼女は大怪我《おおけが》を負って意識を失い、集中治療室のベッドの上で治療を受けている。

「もう無理……」

チヌが発した言葉は飛《とび》の耳に残っていた。

あの日、高友は二年三組の教室から飛びだして帰ってこなかった。その間際に彼女は叫んだのだった。

もう無理、と。

#3-2_takatomo_miyuki/ 拾い集めた響かぬ声

「今日はどんなことがあったの」とお母さんがあたしに訊《き》く。前はお父さんが毎日あたしに尋ねた。それはずいぶん小さい頃からの習慣だった。覚えていないほど昔からの。中学生になると、あたしはよく「普通」と答えるようになった。

「普通って」とお母さんは不満そうに言う。「良かったこととか、頭にきたこととか、何かなかった？」

いいこともあれば、悪いこともあったりするけど、それも含めて、まあ普通？

あたしの毎日は、だいたいそんな感じ。

「じゃあ、ミユにとって今日は、いい日だった？」とお母さんが確認する。

めんどくさくて、あたしは「いい日だったよ」と答える。

でも、いつからだっけ。

いい日だった、と口にするたびに、胸が重苦しくなって、うまく息ができなくなる。

だって、全然いい日なんかじゃなかったから。

いつからおかしくなったんだっけ。

最初に、何か変だって、感じたのは——

そうだ。

「ね、私のシャーペン、間違って持ってってない？」と凪沙《なぎさ》が言いだした時、えっ、と思ったのを覚えている。村浜《むらはま》凪沙とは、一年の時もクラスが同じだったし、二年になってからも仲がよくて。あたしは一応、机の中とか筆箱とか、色々確かめてみたけど、凪沙のシャーペンは見つからなかった。「あれ、気に入ってたんだけど……」みたいなことをぶつぶつ言って、なかなか納得しない凪沙に違和感を覚えた。

それからあたしたちは少しぎくしゃくしはじめた。

あたしは、凪沙と下前田《しもまえだ》依子《よりこ》、紺《こん》ちあみの四人でいることがわりと多かった。あくまで、わりと、だけど。あたしはグループ行動がちょっと苦手で。いつも必ず、決まったグループでいなきゃいけない、みたいなあの空気って、何なんだろう。あたしはたまに窮屈に感じるっていうか。グループ外にも、気が合う人とか、面白い人とか、いたら普通に話したいし。あたしはけっこうそうしちゃってたけど。

シャーペンの一件以来、凪沙は神経質になった。そんな子じゃなかったのに。妙にピリピリしてて、朝から具合が悪そうだったり。保健室に行ったり。依子とちあみはだいぶ凪沙を心配してた。あたしも、心配は心配だったけど。あんまり言うのも、みたいな。機嫌が悪い日とか、調子が悪い時期とか、誰だってあるだろうし。変に気を回したり、親切の押しつけみたいなことしたりするより、そっとしといたほうがよくない？

実際、しばらくしたら、凪沙は元通りの凪沙になっていた。凪沙は。

次は依子が苛々《いらいら》しはじめた。

依子とは二年になってから知り合って、あたしは付き合いが浅い。依子と凪沙は、幼稚園も小学校も一緒だったらしい。凪沙は冗談っぽく「親友っちゃあ親友かも？」と言っていた。でも、あたしは依子とはそんなに馬が合わないっていうか。べつに嫌いじゃないけど、そこまで好きでもないっていうか。なんか、ね。依子って、言葉遣いとか荒かったりするから。たまに怖くて。

「やぁ、マジ、ないわ。まーた忘れた。おっかしいなぁ。こんなに忘れる？　忘れすぎじゃね、うち？」とか何とか言って舌打ちをしながら、机の中を引っかき回す依子の姿を何回も見た。「……てか、マジ、盗《と》られてね？　誰か盗ってるって。家にもなかったりするし。マジ笑えないんだけど。や、うち、物、よくなくすけど。それにしてもだよ。シャレにならんわ。またママに怒られる。ショックでかい……」

凪沙やちあみは笑って依子をなだめてたけど、あたしはあんまり近づきたくないなって感じだった。依子は色々と雑な人で、忘れ物も多かったし。誰かに盗られた、とか。物の弾みだとしても、言っていいことと悪いことがある。それこそシャレにならない。

ただ、なんか変……とは、あたしも思ってて。依子、顔色悪かったし。肌もすごく荒れてて。お腹《なか》が痛いって、トイレから出てこなかったりして。学校、早退したり。

変……だよね。

なんとなく、だけど。あたし、わかってた。変だよ。

だって、何があっても、ちあみはいつもと変わらなかったから。

ちあみは毎日明るくて、朝も、休憩時間も、昼休みも、放課後も、決まって凪沙《なぎさ》と依子《よりこ》に声をかけて、何か話して——そこにはわりと、あたしもいたけど——やたらと笑って、こまめに連絡してきて、返さないと次の日、「えーなんで返してくれなかったのー」みたいに笑いながら言ってきて、キレたりはしないんだけど、あたし的には微妙にそれがプレッシャーだったりして。

嫌い……ってわけじゃないんだけど。悪い子ではないと思うし。一緒にいると、なんか少し、きついっていうか。ちあみは凪沙と仲がいいから、つるむような流れになっただけで。凪沙とはもともと、友だちだったし。そうじゃなかったら、ちあみとは友だちになってなかったかも。

ちあみは、悪い子ではないと思う。

凪沙でも、依子でも、あたしでも、何かあると一番先に気づくのはちあみだし。目ざといっていうか。まあ、やさしいんだろうなって、思うし。

「何でも言って」がちあみの口癖。だけど、あたしはそういうの、若干重くて。言いたきゃ言うし。言わないのは言いたくないってことだから、放っといて欲しい。

凪沙も、依子も、ちあみの「何でも言って」攻撃にさらされまくって……うざくないのかな？

でも、二人は結局、ちあみに「何でも言って」いたのかもしれない。あたしと違って。

あたしは言えなかった。

スマホがなくなった。お母さんのお下がり。古いアイフォン。学校で朝、一回、天気予報とメッセージを確認した。そのあとバッグに入れた。昼休みに見ようとしたらなかった。

あたしは焦《あせ》った。ないわけない。探していたら、「どうしたの？」とちあみが声をかけてきた。「や、なんでもない」とあたしは答えた。「そう？」ちあみは納得してないっぽくて、まるで知っているみたいだった。あたしのアイフォンがなくなったことを。

それから、ちあみはお決まりの台詞《せりふ》を口にした。

「何でも言って」

あたしのアイフォンは見つからなかった。お母さんにそのことを言うと、アイフォンの位置情報を追跡する機能があるらしくて、それで探そうとしてくれた。だけど、電源が入っていないのか、やっぱり発見できなかった。

お母さんは学校に連絡しようとした。大事《おおごと》になったらいやだし、あたしは止めた。

「しばらくスマホなしだよ。いい？」とお母さんに言い渡された。

あたしは強がった。「べつに大丈夫だし」

アイフォンは始まりだった。

何日かおきに身の回りの物がなくなった。

消しゴムとか、ノートとか――シャーペンとか。

あたしは誰にも言えなかった。凪沙《なぎさ》にも、依子《よりこ》にも、もちろん、ちあみにも。

仲のいい人は他にもいる。美人でクールなキホミともたまに話すし、頭のいい久世《くぜ》さんは物知りで色々教えてくれるし、芸人になりたいって公言している林堂貴也《りんどうたかや》は何だかんだやっぱり面白いし。お調子者の正宗《まさむね》は、一年の時わりとよく話してたら勘違いさせちゃったみたいで、告ってきた。あたしがふる形になってしこりはあるけど、今も絡んできたら普通に返すし。白玉《しらたま》さんも一年から同じクラスで、見てるだけでも目の保養になるし、用がなくても時々あたしのほうから話しかける。話し相手なら、けっこういる。

でも、言えなかった。

ポーチがなくなった時は、さすがに騒ぎそうになったけど。あのポーチには女の子の日に使う物が入っていた。ないと困る。困るなんてものじゃない。どうしよう。誰かに借りる？　そんなの無理。保健室に行くしかなかった。

二回目にポーチがなくなった日、ふと思った。依子も同じだったのかも。依子、鬼の形相だったし。生理用品がなくなるのはやばい。依子に訊《き》いてみる？　今さらか。それに、依子はきっと、ちあみには「何でも言って」しまう。ちあみに話が伝わるのはまずい。

あたしは疑っていた。ちあみなんじゃないの？　ちあみが盗《と》ってるんじゃない？　あたしの物を盗んで、どこかにこっそり隠している。——何のために？

だいたい、どうやって？　移動教室の時とかなら、不可能じゃないかもしれないけど。

あたしだって気をつけてるし。前よりもちあみとは距離を置いている。それでも、凪沙、依子、ちあみ、あたしの四人でいることが多い。あたしはちあみを見張っている。

ちあみにはたぶん、盗めない。ちあみの仕業じゃない。そんなことをする理由もない。

ちあみは悪い子じゃないし。友だちを、ちあみを疑ってる……あたしが変なの？

だけど、物がなくなってるのは事実だし。

正宗に「どうかしたん？」と訊かれて、あたしはキレた。「はぁ？　何が？」

そのあとだった。学校の廊下を一人で歩いていたら、声が聞こえた。

（おかしいんじゃね？）

誰？

あたしは一人だった。周りには誰もいない。空耳？　気のせい？

（おかしいわ）

耳許《みみもと》で聞こえた。小さな声。囁《ささや》き声だった。あたしは思わず「誰が？」と訊いた。周りに人がいないか気になった。やっぱり誰もいない。近くには、誰も。

遠くで誰かが笑っている。二年三組の教室の前で、正宗が同級生たちを笑わせていた。

「……誰が？」

誰が言っているの？

（おまえだよ）

耳をふさいでも、（おまえがおかしい）と声が言う。何、この声。誰なの？　聞きたくない。誰もいないのに。あたしは一人なのに。

「誰が言っているの？　誰？　おまえ？　あたし？　誰？　何、これ……」

あたしは廊下を走った。トイレに駆けこんで個室に入る。鍵を閉めて、用を足していないのに水を流した。聞こえない。聞こえないはず。声なんて聞こえない。ほら。聞こえない。何も聞こえない。その時はそれで聞こえなくなった。

その時は。

靴箱で靴を履き替えようとしたら、上靴が片方だけなくなっていた。またか、とあたしは思う。（おかしいんじゃね？）と声が言う。おかしいのかな。あたしもそう思う。あたしはおかしいのかもしれない。（そうだよ）と声が言う。

（おかしいんだよ）

誰も悪くない。あたしのせいなんだ。あたしが悪い。だって、聞こえるはずのない声が聞こえる。（おかしいよ）と声が言う。こんなのおかしい。あたしはおかしいんだ。おかしくなってるんだ。あたしがおかしいの？　違うよ？

嘘《うそ》じゃないもん。本当になくなるの。あたしの物がなくなっちゃう。誰かがやってる。誰の仕業なの？　わからないけど、誰かが。（おかしいからじゃない？）と声が言う。（おかしいからだよ）「おかしい」（おまえのせいだ）「あたしのせい？」

誰が言ってるの？

この声は？

誰？

（悪いのは――）

耳許《みみもと》で囁《ささや》く。

「あたし？」

この声は、あたし？

「――あたし」

「あたしのせいなの……？」

もう疲れた。誰にも言えないけど。油断すると、ちあみが「何でも言って」と声をかけてくる。言えるわけないじゃない。あたしは「ありがと」とか「うん」とか「だね」とか、適当に相槌《あいづち》を打つ。おかげでもっと疲れてしまう。

無理。

もう限界。

いやなことがあると、あたしは高いところに行く。引っ越す前に住んでいたマンションの屋上はお気に入りの場所だった。あとは駅前のデパートの屋上とか。観覧車も好き。小学生の頃、夏休みに連れていってもらった遊園地の大観覧車。学校でその話をしたら正宗《まさむね》が「えぇっ、俺、高所恐怖症」と怖がっていた。何が怖いのか、あたしにはわからない。何回、デパートの屋上に一人で行ったか。柵の隙間から下を見ても、あたしはちっとも怖くない。それでも柵によじ登る勇気は湧いてこない。誰かに見られたら変に思われる。止められるかもしれない。うるさい。うるさい。うるさい。あたしは楽になりたいのに。

授業中だった。声は聞こえなかった。静かだった。先生が何か話している。でも、静かだった。静かすぎて、不安になった。机の中を探った。こういう時に限って物がなくなったりする。何かが指先に触れた。硬い物だった。それを掴《つか》んだ。鍵？　机の中から取りだしてみると案の定、鍵だった。キープレートに、屋上、と書いてあった。

何、これ？　屋上の鍵？　どうしてこんな物が、ここに？　あたしの机の中に？

屋上。あたしは高いところが好き。鍵。屋上は鍵が掛かっている。あたしはそのことを知っていた。屋上に上がりたいと友だちに話したことがある。上がろうとしたこともある。だけど、屋上の出入口には鍵が掛かっていた。鍵。屋上の鍵がここにある。

あたしは立ち上がる。そうか、と思う。

「ん？　どうした、高友《たかとも》。――高友……？」

先生が何か言っている。それどころじゃない。行けるんだ。これは、行けってことなんだ。行かなきゃだめなんだ。

「高友さん」

別の声があたしを呼ぶ。あたしは誰の声なのか確かめる。白玉《しらたま》さん。白玉さんが近づいてくる。あたしは揺らぎそうになる。

「こ、来ないで！」

叫んだ途端、たくさんの声が押し寄せてくる。うるさい。やめて。あたしは頭を抱える。声は鳴り止《や》まない。

「もう無理……！」

逃げなきゃ。ここから逃げないと、あたしは壊れてしまう。もう壊れているのかもしれない。とっくに壊れていたのかも。壊れているなんて思いたくはなかった。あたしは逃げた。本当は前からずっと逃げ回っていた。

あたしは屋上の鍵を握り締めて、あちこちを歩いた。誰かに見つかりそうになると、走って逃げた。トイレや階段の下の用具入れに隠れたりもした。あたしはぐずぐずしていた。どうすればいいのかはわかっていた。だったら、そうすればいい。

だから、あたしはそうした。

階段を上がって、鍵穴に屋上の鍵を挿しこんで回した。ドアを開けて、ようやくあたしは来るべきところに来た。風が気持ちよかった。気持ちいい、と感じられることが、とても嬉《うれ》しかった。涙が出そうだった。

あたしは深呼吸をしながら屋上を隅から隅まで歩いた。縁に低い立ち上がり壁がある。あたしはその上に立って、一度、うんと伸びをした。

「今日はどんなことがあったの」とお母さんに訊《き》かれているような気がした。あたしは答えられない。すると、お母さんが尋ねる。「ミユにとって今日は、いい日だった?」

「全然」

あたしは首を横に振る。

「いい日じゃなかった。ごめんね、お母さん」

嘘《うそ》ばっかりついていて、ごめんなさい。いい子じゃなくて、ごめんなさい。お父さんにも、謝らないと。白玉《しらたま》さんにも、謝りたいな。止めようとしてくれたのに。ごめんね。

下の中庭を見たら、人がいた。同じクラスの弟切《おとぎり》くんと、用務員の灰崎《はいざき》さんだった。

まあいいか。もう無理だし。

あたしは体を前に倒した。怖くはなかった。嘘だけど。本当は少し怖いから、あたしは目をつぶった。すぐに大きな音がした。

＃3-3_otogiri_tobi/ 食べろ

面会もできないのに、そう長居するわけにはいかない。病院を出たところで浅宮《あさみや》とは別れた。飛《とび》は白玉と二人で黄昏時《たそがれどき》の帰り道を歩いた。

「お龍《りゅう》」

口火を切ったのはバクだった。

「あれは、ようするに……何なんだ？」

「どう説明したらいいか——」

白玉は眉根を寄せて下唇をぎゅうっと噛《か》んだ。考えこんでいる。ちょうど通り沿いに児童公園があった。誰もいない。ベンチがある。

「座る？」

飛が尋ねると、白玉はうなずいた。二人は児童公園のベンチに腰を下ろした。

「かなり前のことですが」

白玉はポシェットの中からチヌを出し、両腕でそっと抱えた。

「当時、わたしは小学校四年生だったので、四年前ですね。お祖父様《じいさま》が大病を患って、入院したんです。それで、お祖母様《ばあさま》に連れられて、お見舞いに——」

白玉《しらたま》の祖父は剣道や柔術をたしなんでいて、とても厳しい人だった。入院するまで、白玉は祖父の病気について何も知らなかった。白玉は祖父が横になっている姿すら見たことがない。病室のベッドに寝ている祖父と会うのが、なんだか怖くてたまらなかった。白玉はどうしても祖父の病室に足を踏み入れることができなかった。結局、祖母だけが病室に入り、白玉は外で待つことになった。

白玉はその頃すでにチヌを潜ませたポシェットを持っていた。チヌが他の人たちには見えないことも当然わかっていた。白玉はチヌをポシェットから出して肩の上にのせた。じっとしていると落ちつかないので、病棟の廊下をゆっくりと歩いた。

廊下の両側に病室が並んでいた。ドアが開きっぱなしで、中の様子が見える病室もあった。そのフロアの入院患者は重病人が多かった。医療機械の助けでなんとか生命を繋《つな》いでいる状態の人もいた。

祖父もそのうちの一人になってしまったら。でも、祖父は手術がうまくいった。あとはよくなるだけだと祖母が言っていた。祖父はこの人たちみたいにはならないだろう。そう考えると少し心強かった。一方で、白玉は自責の念にも駆られた。気の毒な重病人を安心材料にするなんて、ずいぶんひどい話だ。自分は悪い人間なのかもしれない。

白玉はある病室の前で足を止めた。その病室は四人部屋だった。女性と小さな女の子が見舞いに来ていた。まだ三十歳くらいの女性だった。

女性は入院患者に、パパ、と呼びかけていた。入院しているのは女性の夫らしい。パパ、早く目が覚めるといいね。もっと遊んでもらいたいもんね。ね、パパ。ただ、女性や小さな女の子がいくら声をかけても返事はなかった。彼女の夫は意識がないようだった。

白玉はたまらなくなって、見知らぬ入院患者が快復して目覚めますようにと願った。

「――今にして思えば、重い病気で苦しんでいる人たちを慰めにしてしまったことへの、埋め合わせのような……何か罪滅ぼしになるようなことをして、楽になりたかったのかもしれません。でも――」

その時、チヌが声を発しはじめたのだという。ハナ。カヨコ。その声は二つの名を繰り返し呼んだ。明らかにチヌの声じゃない。人間の、男性の声だった。

男性の声は、娘が、ハナが生まれた時のことを語った。ハナを入浴させた日。最初はおっかなびっくりだった。ハナを動物園に連れて行った。ハナはゾウやキリンよりもヒツジばかり見たがった。ああ、出会った頃、大学時代のカヨコが自分に向けた笑顔が忘れられないよ。人を好きになったことはあるけど。愛してるって感じたのはカヨコが初めてだ。カヨコだけだよ。信じられないよな。自分がこんな病気になるなんて。死ぬかもしれないなんてさ。もちろん、いつかは死ぬんだけど。ずっと遠い先のことだと思ってた。ハナが大人になって、カヨコと一緒に年をとって。気がついたらあっという間だったねって。そんなふうに笑いあう未来を想像してた。その前に、俺は死ぬのか。

カヨコ。ハナ。会えなくなるなんて耐えられないよ。ハナが成長していく姿を見たい。カヨコと一緒に毎年、ハナの誕生日を祝いたい。他には何もいらない。二人のそばで生きていられればそれでいい。まだ早いだろ。だめなのか？　俺、死ぬのかな？　いやだよ。死ねない。死ぬわけにはいかない。死にたくない……。

「──声が、聞こえたの。娘さんと奥さんを思って、死にたくない、と悶《もだ》える声が。聞こえるはずがないのに。だって、その人は意識がなかった。眠っていた。昏睡《こんすい》状態だったんです。絶対に聞こえないはずの声が、どうしてか、チヌを通して……」

「ふぅーむ……」

バクが唸《うな》って、少し考えてから言った。

「チヌのやつには、なんかそういう能力的なモンが備わってるってことか。そのちっこいのになァ。人は見かけによらねえとは言うが、人じゃねえしな。待てよ？　てことは、オレにもあったりするのかね？　ものすげえ特殊能力とか……？」

「バクは無駄に口が達者だろ」

飛《とび》が呆《あき》れ半分に言うと、バクは「それか！」と応じて笑った。

「ウハハハッ──って、違えよ！　オレが言ってる特殊能力はそういうんじゃねえ。もっとあるだろ。ロケットみてえに飛べるとか、鬼のように強《つえ》えとか、かっこいいのが」

「べつに、しゃべれるバックパックで十分じゃない？」

「十分なわけあるか。オレはな。きっとまだ本気を出してねえだけだ。オレが一皮剥《む》けると、ものすげえんだよ」

「なんか気持ち悪いし、皮は剥けないで欲しいけど……」

「比喩だろ！　そんくらい、わかれ！」

飛は隣でうつむいている白玉《しらたま》をちらっと見た。祖父が入院していた病院での出来事を話し終えたきり、白玉は押し黙っている。

チヌにそんな特殊能力がなければ、白玉が見知らぬ入院患者の声を聞くことはなかった。彼は妻と娘を残して先立とうとしていた。なんとか生にしがみつこうとしていたが、望み薄だと本人も悟っていた。絶望して、悲嘆に暮れていた。

飛だったら聞きたくない。聞いてどうする？　相手は縁もゆかりもない赤の他人だ。どうせしてあげられることは何もない。どうしようもない。

「……白玉さんが見舞いに行こうって言いだしたのは、高友《たかとも》さんの声を聞くため？」

高友未由姫《みゆき》は、白玉にとって縁もゆかりもない赤の他人じゃない。同級生だ。一年の時もクラスが同じだったらしい。用がなくても時々話しかけるとか、白玉は目の保養だとか、何とか。たしか高友の声がそんなことを言っていた。見知らぬ入院患者とは比べものにならないほど関係が近い。

「聞けたらとは、思っていました」

白玉《しらたま》はためらいがちに答えた。

「もし聞くことができるなら、聞かないと。それは、チヌしか……わたしにしかできないことなのかもしれないから――」


明くる日、浅宮《あさみや》は遅刻してきた。ひょっとしたら浅宮は学校に来ないかもしれない。なんとなく飛《とび》はそう危惧していたので、少し安堵《あんど》した。

浅宮だけじゃない。飛が気になっていることは他にもあった。

紺《こん》ちあみはやはり村浜凪沙《むらはまなぎさ》、下前田依子《しもまえだよりこ》と仲がいいようだ。授業時間以外は常に三人で行動している。以前は三人じゃなくて、高友《たかとも》を入れた四人だったのか。

所持品の紛失、あるいは盗難に加えて、高友はたびたびおかしな声を聞いていた。盗まれそうにない物がなくなり、聞こえるはずのない声が聞こえる。妄想や幻覚のたぐいじゃないのか。高友は正常な状態ではなかったのかもしれない。

ただ、チヌには特殊能力がある。声を上げられない者に代わって、聞こえないはずの声を伝えるという不可思議な力が。

そして、高友が犯人ではないかと疑念を抱いていた紺ちあみは、コウモリのような、モモンガのような変なのを連れている。

飛はめずらしく時間をかけて給食を食べていた。飛の席は窓際の前から三番目だ。隣の列の一番前の席に紺ちあみが座っている。例のコウモリでもモモンガでもない変なのは、今も彼女の背中にしっかりとしがみついていて身じろぎもしない。

「わかるぜ、飛。オレには、おまえが何を考えてるのか」

バクが声を潜めもしないで言う。

「やつはああやって、片時も紺ちあみから離れねえのか？　それとも、離れて何かやらかす力があるのか？　もし、たとえばやつが、タチの悪い盗《ぬす》っ人《と》なんだとしたら——」

給食時間の教室は私語厳禁というわけではないものの、校内放送がはっきりと聞こえる程度には静かだ。バクの独演会に耳を傾けているのは、飛と白玉だけだろう。

「職員室から屋上の鍵を盗みだすなんて、ワケねえはずだ。そいつを高友の机の中に忍びこませておくことだって、難しくはねえだろうな」

「先生」

不意に浅宮が手を挙げた。

教師用の机で給食を食べていた担任のハリーこと針本《はりもと》が、手を止めて「ん？」と椅子から腰を浮かせた。

「どうした、浅宮？　何だ、全然食べてないな。調子悪いのか。大丈夫か？」

「大丈夫じゃないよ」

浅宮《あさみや》は机に両手をついて立ち上がった。長い前髪で表情が隠れている。でも、浅宮はえらく憤っているようだ。

「……大丈夫なわけないですよ。なんでこんな普通に飯食ってるんですか。調査とかしなくていいんですか。ミユは――高友《たかとも》は、あんなことになって入院してるんですよ」

「いや、調査って言われてもな……」

針本《はりもと》は口ごもって、ごつい手で顔をさわった。

「まあまあ！」

正宗《まさむね》がひょこひょこ歩いていって、浅宮の肩を抱こうとした。

「落ちつけって。な？　浅宮――」

「さわんな！」

浅宮は乱暴に正宗の手を振り払った。正宗は「うおっ⁉」と大袈裟《おおげさ》に吹っ飛んでみせ、くるくる回った。その仕種《しぐさ》を見て何人かが笑った。それが癇《かん》に障《さわ》ったようで、浅宮は正宗に詰め寄ろうとした。「わわっ」と正宗があとずさった。

「もうやめて！」

叫んだのは紺《こん》ちあみだった。紺の顔は一瞬でくしゃくしゃになった。

「喧嘩《けんか》なんかしても、未由《みゆき》姫が喜ぶわけないし！　人と揉《も》めるのとか、未由姫は嫌いだったもん。こんな時だからこそ、未由姫が悲しむようなことしないで。お願い……」

泣いているのだろうか。とっさに飛《とび》は疑った。紺の振る舞いは大袈裟でわざとらしい。泣き真似《まね》じゃないのか。浅宮も奇異に感じたらしい。

「よく友だち面《づら》できるな。紺は高友と、最近はそんなに仲よくなかっただろ。高友は紺のこと、避けてたんじゃないか」

村浜凪沙《むらはまなぎさ》と下前田依子《しもまえだよりこ》が「ひどい！」だの「なんでそんなこと言えるんだよ！」だのと、紺を庇《かば》って浅宮を非難しはじめた。教室が一気に騒がしくなった。担任の針本が「おいよせ、やめろ！」と叱ったくらいでは収まりそうにない。

紺は泣き崩れるようにして椅子に座った。村浜と下前田、それ以外にも何人かの女子生徒が紺に駆け寄ってゆく。声を荒らげて浅宮を責める生徒もいた。浅宮は反論しないで黙っているが、前髪の合間からのぞく目はぎらぎらと光っていた。

「みんなそう熱くなんなって！　浅宮には浅宮の言い分があるんだろうし！　なぁ？」

性懲りもなく正宗が浅宮にすり寄った。その瞬間、ついに堪忍袋《かんにんぶくろ》の緒が切れたのだろう。浅宮は正宗を突き放して教室から出ていってしまった。

「浅宮！」

慌てて針本が浅宮を追いかける。正宗が「おいおーい！」と針本に続いた。正宗はすぐに戻ってくると、困り顔というか変顔をして、大仰に肩をすくめてみせた。全員ではないにせよ、少なからぬ同級生が笑った。

正宗《まさむね》の頭の上に言わざるがのっかっているせいか、飛《とび》の目には異様に映った。見ると、白玉《しらたま》は憮然《ぶぜん》とした表情を浮かべている。笑っていなかったので、なんだかほっとした。

針本《はりもと》と浅宮《あさみや》が帰ってこないまま、給食の時間は終わった。飛はバクを引っ担いで教室をあとにしようとした。その間際だった。

「弟切《おとぎり》くん」

白玉に呼び止められた。飛と目が合うと、白玉はどこか別のほうに視線を向けた。つられて飛もそっちを見た。

紺《こん》が机に覆《おお》い被《かぶ》さるようにして自分の席に座っていた。紺の周りには村浜《むらはま》と下前田《しもまえだ》がいて、何か声をかけている。紺はまだ泣いているのか。打ちひしがれているのだろうか。あるいは、そういう演技をしているのか。

いなかった。

あの変なのが紺の背中にしがみついていない。

「飛！」

バクが暴れた。飛はバクに引っぱられるようにして自分の席あたりに目をやった。その机の上には手つかずの給食が放置されていた。浅宮の席だ。何かが机の陰にさっと隠れた。見間違いじゃない。たしかに見た。

飛は浅宮の席に歩み寄った。机にも椅子にも変わったところはない。

「きっと中だ」

バクに言われるまでもなかった。飛は浅宮の机の中を覗《のぞ》きこまず、いきなり手を突っこんだ。指に毛の感触があった。迷わず掴《つか》むと、それは飛の手の中で暴れた。胴体はあたたかいというより熱いほどで、細い前脚と後脚の間に薄いゴムのような膜がある。それは身をよじりながら四本の脚を動かし、必死で足掻《あが》いていた。

机の中から出すと、コウモリのような、モモンガのような、紺ちあみの変なのだった。人間の赤ちゃんに似た顔をしていて、ちっちゃな口から長い舌がしゅるしゅると出たり引っこんだりしている。

数人の同級生が不審げに飛を見ていた。もっとも、飛の右手に注意を向けている者はいない。誰も飛が捕まえている変なのに気づいていない。彼らには見えない。

紺は依然として村浜と下前田に慰められている。

飛は白玉と顔を見合わせた。白玉は目をいっぱいに見開いている。かなりびっくりしているようだ。飛だって驚いている。図らずも変なのを捕獲してしまった。どうしよう。

「……飛！　とりあえず、どこか人のいねえ場所に――」

バクにうながされて飛は廊下に出た。白玉もチヌを潜ませたポシェットを持ってついてきた。変なのはすごい勢いで暴れつづけている。飛はあてもなく大股で歩いて階段を下りた。靴箱一帯にひとけがない。飛は下足場で白玉と向かいあった。

「わからない。たぶん、だけど……浅宮《あさみや》の机の中から、何か盗もうとしてたような。何なんだ、こいつ……」

「お、弟切《おとぎり》くん、それ……」

飛《とび》は両手でぎゅうぎゅう変なのを締めつけた。そうでもしないと逃がしてしまいそうだった。本音を言うと、これ以上、捕まえていたくない。気味が悪い。

「おい、放すなよ、飛！」

バクが声を尖《とが》らせた。

「放したら、また悪さをするに決まってやがる。あの様子じゃあ、紺《こん》ちあみは自覚がなさそうだ。事によると、諸悪の根源はそいつかもしれねえぞ」

「……つまり——」

白玉《しらたま》は中にチヌがいるポシェットを胸に抱いた。

「紺さんの意思とは関わりなく、それが勝手に物を盗んだ結果、高友《たかとも》さんは疑心暗鬼になってしまった……ということですか？」

「ただ自覚がねえだけで、紺も本心ではそうなることを望んでたのかもしれねえがな。どっちにしろ、そいつはオレやチヌとは違う。飛とお龍《りゅう》はオレとチヌのことをちゃんと認識してるし、しゃべれるかどうかは別としても、意思の疎通はできてる。紺ちあみはそうじゃねえ。オレらとそいつは、似て非なるモノってやつだ」

「……チヌは、わたしがここにいてと頼めば、そうしてくれる。バクも弟切《おとぎり》くんのお願いは聞きますよね」

「どうかな……」

飛が言葉を濁すと、バクは心外そうに「あぁ!?」と怒鳴った。

「一から十まで言いなりになるわけじゃねえが、だいたい聞いてやってるだろうが！」

「それと——」

白玉は一向におとなしくならない変なのをちらりと見た。

「紺さんとは、そういう間柄じゃないのかもしれない……」

「もし高友だの村浜《むらはま》だの下前田《しもまえだ》だのの物を盗《と》ってたのがこいつなら、他人に害を及ぼしてたってことだ。あげくの果てに高友は飛び降りた」

バクがさっき口にした言葉を、あらためて白玉が繰り返した。

「諸悪の根源」

「だとしたら、また同じことを……」

飛が捕まえているこの変なのは、浅宮の机を漁《あさ》ろうとしていた。

紺は浅宮に面と向かって非難された。変なのはその仕返しをしようとしていたのかもしれない。バクが言うように、紺が誰かに敵意を感じると、変なのが勝手に物を盗むなどして攻撃を加える。そういう仕組みになっているのか。

相性が悪かったのか、何か行き違いがあったのか、紺《こん》は高友《たかとも》が気に入らなかった。この変なのがいなければ、ただそれだけの話だった。変なのが妙な真似《まね》をしたせいで、高友は追いこまれた。思い悩んで、校舎の屋上から飛び降りてしまった。変なのがいなければ、紺と高友はいつか喧嘩《けんか》別れして、それで片がついていたかもしれない。

飛《とび》の手の中で暴れるのをやめないこの変なのが、重大で深刻な事態を招いた。

まさしく諸悪の根源だ。

「……弟切《おとぎり》くん?」

白玉《しらたま》が体を斜めに傾けて上目遣いで飛の顔を覗《のぞ》きこんだ。

飛は返事をしなかった。今はそれ以外にやるべきことがある。ただ、具体的にどうすればいいのか。何か方法があるとしても、果たして飛にそれができるのだろうか。

「オレに任せろ、飛」

そうか。

自分にはできなくても、弟切飛にはバクがいる。

「オレがそいつを食ってやる」

飛はストラップを左肩に掛けてバクを背負っている。左肩の上からバクがにゅっと首を突きだした。バクは初めて会った時からバックパックなので、あくまでも比喩だ。バックパックには突きだせるような首はない。でも、口はある。

バクのファスナーが開いた。全開じゃない。三分の一か、せいぜい二分の一ほどだろう。それで十分だった。バクが口を開けた。ファスナーがまるで歯のようだった。いや、歯そのものだ。バクの口の中から舌が飛びだした。しっかりとした、飛の舌よりもかなり大ぶりな舌だった。

バクが何をしようとしているのか、飛は完全に理解していた。バクがそうしたいのなら、やればいい。むしろ、やるべきだ。バクの気持ちが飛にはよくわかる。

飛が手放そうとしているこの変なのは、諸悪の根源だ。

こいつがいなければ、ここまでひどいことは起こらなかった。存在しないほうがよかったのだ。かといって、実際いるものをいなかったことにはできない。だったらせめて、いなくなればいい。

それに、なんだか腹が減ってしょうがない。

飛は物音を聞いた。足音だろうか。白玉が何か言った。灰崎《はいざき》さん、とか何とか。でも、どうだっていい。飛は餓《う》えていた。空腹なんてものじゃない。たぶんこれはバクの飢餓感だ。こんなにも腹が減っている。腹ぺこすぎて、全身の細胞が空っぽになっているかのようだ。もう一秒たりとも我慢できない。

「――待つんだ……！」

誰かが止めようとしている。用務員の灰崎らしい。知ったことか。

もう遅い。

飛《とび》は両手の力を緩めた。途端にバクの舌が変なのをからめとった。その寸前に変なのがギィーと鳴いた。硝子《がらす》を引っ掻《か》いた時の音のような鳴き声は一瞬で途絶えた。

ファスナーの歯を、口を閉じて、バクは元気よくもぐもぐと咀嚼《そしやく》した。

ごくんとのみこんだ。

「あぁっ！」

いつの間にか、作業着姿の灰崎《はいざき》が飛の目の前にいた。灰崎は両手を自分の額に当てた。

「なんてことだ！　弟切《おとぎり》くん、きみは、何を！　人外に、何を食べさせた⁉」

白玉《しらたま》は目を丸くしている。バクが、げふっ、とゲップをした。変なのをぺろりと平らげたのはバクなのに、飛まで少し腹が膨れたような感じがする。

「……何って。え？　ジン……ガイ？」

「あぁ、そっか……」

灰崎は顔をしかめて頭を振った。

「人外っていうのは、きみが背負ってるバックパックのような存在のことだよ。他にも呼び名はあるけど、この国ではだいたい人外かな。大多数の人は知らないんだ。べつに知らなくていい。第一、見えないし――」

「灰崎さんは、見えるんですね？」

白玉がポシェットを開けた。ポシェットの中からチヌが顔を出すと、灰崎は鼻白んだ。

「……参ったな、これは。参っちゃったな。私はこの学校に奉職している用務員で、それ以上でもそれ以下でもない。とはいえ見て見ぬふりもできないし。見えることは見えるんだけど、私のことなんかどうでもいい。弟切くん、きみの人外は今、何を食べた!?」

「まったく、やかましい野郎だぜ」

バクはため息をついた。ごふっ。またゲップが出た。

「オレが何を食おうとオレの自由だろうが。それがたとえ、おまえの言う人外とやらだろうとな」

「やっぱり……」

灰崎は青ざめてよろめいた。そうかと思ったら、猛然と飛の肩を掴《つか》んで揺さぶった。

「誰だ!?　いったい誰の人外を！　あの件、そうあって欲しくなかったけど、人外が絡んでたのか!?　食べたのは、誰の――二年三組の生徒か!?」

ものすごい迫力だった。灰崎はだいぶ興奮している。飛は圧倒された。

「……そう、だけど」

「まずい！　急がないと！」

灰崎は駆けだした。何がまずいのか。説明して欲しい。でも、灰崎は行ってしまった。

「わたしたちも！」

白玉《しらたま》に呼びかけられた。飛《とび》はどうも気が進まなかった。

バクは紺《こん》の人外とやらを食べた。実のところ、いいことをしたつもりだった。あの人外を放ってはおけない。だから、食べてやる。食べていい。

バクは人外を食べた。灰崎《はいざき》が言うには、バクも人外だという。人外が人外を食べた。

あの強烈な空腹感を飛は覚えている。

バクは――いいや、バクだけじゃない、飛も、食べたかった。食べたくて、食べた。

飛は教室に戻りたくなかった。でも、白玉が飛を引っぱってゆこうとしている。その手を振りほどくことはできなかった。

二人は二年三組の教室へと急いだ。何か騒ぎになっていた。教室の前に人だかりができている。飛と白玉は他のクラスの生徒たちを押しのけ、かき分けて、教室に入った。

紺ちあみが床に倒れ伏していた。灰崎が紺のそばにしゃがんで首のあたりをさわっている。脈を確かめているようだ。

「そんな……」

白玉が倒れそうになって、近くの机につかまった。飛は白玉ほど狼狽《ろうばい》してはいなかった。というより、自分が動揺しているのかどうかもよくわからない。

飛は何をしでかしたのか。紺の人外を食べたのはバクだ。バクがしたことだ。飛には関係ない。そんなふうには思えなかった。

バクが紺の人外を食べた。きっと、そのせいで紺は倒れている。

どうしてバクは黙っているのか。何か言えよ。何も言えないのか。飛も同じだった。

灰崎がケータイでどこかに連絡している。救急車でも呼んでいるのだろう。

飛はただ見ていた。見ていることしかできなかった。


翌日、浅宮《あさみや》は学校に来た。朝のホームルームで担任の針本《はりもと》が紺について話した。

彼女は大丈夫とのことだった。命に別状はなく、体のどこにも重大な問題はない。ただ、静養のため、しばらく学校を休むという。

昼休みに灰崎が教室に来て、飛と白玉を呼び寄せた。灰崎は用務員室に飛と白玉を連れていった。

用務員室には小さなキッチンや大きな作業机があった。灰崎がパイプ椅子を出してきて、飛と白玉はそれに座った。灰崎は作業机に腰を引っかけた。

「——人外と、その主《あるじ》である人間との結びつきは、切っても切れない、とても深いものなんだ。何らかの理由で人外を失うと、その主は……多くの場合、虚心症という状態に陥る。医学的には原因不明の症状で、正式な病名じゃないけどね」

「治るんですか……？」

白玉《しらたま》がか細い声で訊《き》いた。灰崎《はいざき》は難しい顔をして低く唸《うな》った。

「よくなる、と言いたいところだけど、ケースバイケース、かな。重度から比較的軽度のものまで、個人差があってね。精神活動性の低下、という言い方をするんだけど、物を考えたり、感じたり、意思を持って動いたり——そういう部分が衰える。発症時より悪化することはほとんどないみたいだ」

「そいつは朗報だな」

バクが皮肉っぽく言った。昨日から口数が少ない。バクなりにしょげているのだろう。

「紺《こん》は？」

飛《とび》が短く尋ねると、灰崎はうつむいてため息をついた。

「私は病院まで付き添ったけど……そうだね。重症じゃない気はする。寝たきりということはなさそうだし、曖昧ながら受け答えもしていた。今は自宅にいるようだ。そこまで悪くないケースだと思うよ」

だから安心していい、とは言わなかった。悪化しないとしても、快方に向かう保証はない。紺は一生そのままかもしれない。

白玉は無表情だ。どこを見ているのだろう。目の焦点が定まっていない。まるで白玉の人形がパイプ椅子に座らされているかのようだ。飛は思わず白玉が呼吸している証拠を探し求めた。胸がわずかに上下している。あたりまえだが、ちゃんと息をしている。

「弟切《おとぎり》くんのせいじゃない」

灰崎はそう言ってうなずいた。自分自身に言い聞かせようとしているかのようだった。

「運悪く、こういう巡りあわせになってしまっただけだ。いや……運が悪かったのかどうか。結果的に、弟切くんは次の悲劇を未然に防いでくれたのかもしれない。人外が人に危害を加えるようになると、なかなか引き返せないんだ」

「……気にするなってこと？」

「そうだね。きみが気に病むことはない。簡単じゃないかもしれないけど、普段どおりに過ごして欲しい。何かあれば、私に声をかけてくれていいし。一介の用務員でしかないけど、相談に乗ることはできる」

「一介の用務員？」

「ああ」

灰崎は飛の眼差《まなざ》しを受け止めた。目を逸《そ》らそうとしない。まばたきすらしない。

「きみたちは、人外のことを知らなかったみたいだね。そういう人が多数派だと思う。でも実は、インターネットなんかで調べれば、色々な情報が手に入る。一つ一つの情報が正しいのか、間違っているのか。それは何とも言えない。私は少しだけ人外について知っているだけの用務員だしね。いいかげんな知識をきみたちに植えつけたくない」

「……回りくどくて、もやもやするんだけど」

「正直、私にもわからないんだよ」

灰崎《はいざき》の瞳が急にどろんと濁ったように見えた。

「このとおり年はとってるし、中学生のきみたちより賢くて、うまく立ち回れる立派な大人だと言いきれたらいいんだけど……それでも私としては、できる限りのことはしたいと思ってる」

「そういうしゃべり方は、いかにも大人って感じだね」

「褒められてないってことはわかるよ」

灰崎は笑おうとした。その途中で、大人然とした顔が醜く歪《ゆが》んで崩れた。

「本当に申し訳ない……」

どこか痛むのだろうか。そう疑いたくなるような顔つきだった。

バクは黙りこくっているし、白玉《しらたま》は相変わらず心ここにあらずといった様子だ。飛《とび》はどうすればいいのか。ここにいてもしょうがない。それだけは間違いなさそうだ。


放課後、飛は誰よりも先に教室をあとにした。でも、学校からは出ないで遠くから白玉が靴箱で靴を履き替えるのを見届けた。

飛は白玉を尾行した。バクは何も言ってこない。まるでただのバックパックだ。

白玉は学校から十二、三分ほど歩いたところにあるマンションの前で足を止めた。十階建てか十一階建てで、そう新しくも古くもない。白玉はエントランスに入るか入るまいか迷っている。

飛は白玉に近づいていった。白玉はまったく飛に気づいていないようだ。

「白玉さん」

驚かせたくはない。だから名を呼んだのだが、白玉は「……ゃっ」と小さな悲鳴を上げて、あたふたと振り返った。

「とと、飛くん!?　あぅっ。弟切《おとぎり》くん、でした……」

「べつにどっちでもいいけど……」

「いいの？」

「え？　だめなの？」

「……いきなり下の名前は、少し馴《な》れ馴《な》れしいのではと思いまして。弟切という名字も魅力的だけれど、飛という名はとても素敵なので、心の中でひそかに呼ばせてもらったりしていたというか」

「あぁ……そうなんだ。ふぅん……」

飛は痒《かゆ》くもないのに指先で鼻の頭を掻《か》いた。

「……そんな、なんていうか、あれだったら……好きに呼んでくれれば」

「飛《とび》で？　あっ——」

白玉《しらたま》は何かをかき消そうとするかのように顔の前で両手を振った。

「だ、大胆にも呼び捨てにしようということでは、決してなく……」

「呼び捨てでもいいけど。バクにはずっと飛って呼ばれてるし」

「オレは付き合いが長《なげ》えからな」

ようやくバクが口を挟んできた。

「とはいえ、お龍《りゅう》がそこまで言うならしょうがねえか」

「……白玉さん、そこまでは言ってなくない？」

「お龍がどうしてもって言うなら、このオレが特別に許可してやってもいいぜ」

「なんでバクが……」

「ありがとうございます！」

白玉は目を輝かせて頭を下げた。何がそんなに嬉《うれ》しいのだろう。飛の理解の範疇《はんちゅう》を超えている。でも、白玉が元気になってくれたみたいだし、まあいいか。

「とりあえず僕は、弟切《おとぎり》でも飛でも何でもいいんで……」

「飛？」

「……だから、いいって、それで」

「でしたら是非、わたしのことも、龍子《りゅうこ》と！」

「……や。それはちょっと」

「そうですか……」

　白玉は打って変わってしょんぼりしてしまった。

「やっぱり、こうしてお話しするようになってからまだ日が浅いですし、そこまでの関係性ではないということですよね……」

「おい！」

　すかさずバクが身をよじった。飛も落ちこんでいる白玉には悪いと思うが、龍子、と呼ぶのはどうも抵抗がある。

「……あの、練習して、慣れたらでいい？」

「練習？」

　白玉はかくっと首を傾《かし》げた。飛が何かおかしなことを言ったのか。言ったかもしれない。練習。どんな練習だろう。一人でいる時に、こっそりと白玉の顔を思い浮かべて龍子と呼んでみる、とか。考えるだけで気恥ずかしい。

「まあ……心の準備ができたら、みたいな？　ことかな……」

「ではせめて、わたしのこと、さんは抜きで、白玉と呼んでください」

　白玉の眼差《まなざ》しは妙に真剣だった。そんなに重要なことなのか。

「……いいけど。白玉さんがいやじゃなければ」

「いやではないです。そうですね。いつか心の準備ができて龍子《りゅうこ》と呼んでもらえるまで、わたしは飛《とび》くんと呼ばせていただきます」

「何、その契約……」

「契約というより、約束でしょうか」

約束だか何だか知らないが、いつか飛の中で心の準備ができる日がやってくるのだろうか。想像できない。少なくとも、現時点では。

「……ていうか、白玉《しらたま》はここで何してるの？」

「あれっ？　飛くんはなぜここに？」

「飛のやつはな、お龍《りゅう》のあとをつけてきやがったんだよ」

バクが、ケケケッ、と笑う。

「キモいよな。ストーカーでもあるまいし」

「違っ――わないけど……」

ばつが悪い。飛はそっぽを向いた。

「学校が終わったら、白玉は一人で紺《こん》の家に行くんじゃないかって……思って。なんとなく、だけど」

「どうして？」

白玉は瞼《まぶた》を限界まで開いて、それから二回、まばたきをした。

「……当たりです。わたし、紺さんのことが気になって仕方なくて。住んでいる場所は以前、紺さんから聞いたことがあって、覚えていたので。もちろん、会えるかどうか、わかりませんけれど……」

「声を――」

飛がその単語を口に出すと、白玉はきゅっと唇を噛《か》んだ。

どうやら飛の予想は的中したらしい。

「聞こえるはずがない、紺の声を聞きたかった？」

白玉は黙ってうなずいた。

二人で紺ちあみの家を訪ねた。

マンションの部屋番号まではわからなかったが、郵便受けを見て調べることができた。

インターホン越しに紺の母親と話した。紺の母親は同級生の訪問を喜んでくれた。どうか娘に会ってやって欲しいと二人を招き入れた。

紺の家は六階だった。エレベーターを降りると、紺の母親らしい女性が待ち構えていた。

飛はちょっと意表を衝《つ》かれた。紺の母親はかなり念入りに化粧をしていて、よそ行きのような服装だったからだ。香水の匂いがすごい。それに、場違いなほど明るかった。

飛《とび》と白玉《しらたま》はリビングに通された。紺《こん》の母親は二人を革張りのソファーに座らせると、菓子とミルクティーを用意して持ってきた。白玉は遠慮したわけじゃなく、本気で「どうかおかまいなく」と言ったのだと思う。でも、紺の母親は耳に入らないようだった。

色々な香りが複雑に混ざりあって充満している。変に豪華で居心地の悪いリビングだった。紺の母親が矢継ぎ早に浴びせてくる学校や友人関係についての質問にも辟易《へきえき》した。飛はろくに答えられなかったし、白玉も四苦八苦していた。

「そうだ」

すると紺の母親は、壁に掛けてあった写真立てを飛と白玉に見せた。夫婦と小さい女の子がどこかの砂浜で笑っている写真だった。ハワイで撮った家族写真なのだと、紺の母親が明かした。グアムやセブ島、バリ島や、バルセロナ、ロンドン、パリにも旅行したことがあるのだとか。

「……ずいぶん自慢話が好きみてえだな」

バクが呟《つぶや》いた。そうなのかな、と飛は思った。自慢をしているというより、紺の母親は何かに追いたてられているかのようで、苦しそうですらある。

「あの、ちあみさんは」

堪《たま》りかねたのか白玉が母親の話を遮ると、ようやく紺ちあみの部屋に案内してもらえた。母親はノックもしないでドアを開け、娘の部屋に白玉と飛を立ち入らせた。

白とピンク色に大半が占められている部屋だった。

ひらひらした寝間着姿の紺がベッドの上で身を起こしている。

「ちあちゃん」

母親が声をかけても、反応はなかった。

「ちあちゃん。ちあちゃん？　聞こえないの？」

母親はベッドに駆け寄って、両手で挟みこむように娘の顔を押さえた。

「ちあちゃん！　ママよ！　あなたのママ！　ちあちゃん！　ちあちゃん！」

「……ママ」

紺はそう発音してから、目の前の母親をぼんやりと見た。

「ママ。ここにいたの。ママ」

「そうよ。ママはずっといるでしょ？　お友だちが来てくれたわよ、ちあちゃん。白玉さんと弟切《おとぎり》くん。白玉さんの名前はちあちゃんから聞いたことがあるわ。ね？　前に話してくれたでしょ？　よかったわね、ちあちゃん」

「うん」

紺は声を発しただけだ。紺の頭は微動だにしなかった。母親は娘に笑いかけた。

「そうだ。何か飲む？　喉、渇いてない？　お腹《なか》は？　どう？　何か持ってくるわね。ちあちゃんが好きな物は、ママ、全部知ってるから。待ってて。いいわね、ちあちゃん？」

紺《こん》は返事をしない。母親はいそいそと部屋から出ていった。

この部屋には大きな窓がある。レースのカーテンが閉まっているものの、窓から射《さ》しこむ夕陽《ゆうひ》が家具や壁の白とピンク色を橙《だいだい》に染めようとしていた。

紺の髪は編まれ、結われている。学校ではそんな髪型をしていなかった。たぶん母親が紺にあの寝間着を着せて、髪を梳《と》かしたり、結んだりしたのだろう。

白玉《しらたま》がポシェットからチヌを出した。チヌは間を置かずにしゃべりだした。

「ちあみは、ちあみだよ」

でも、チヌの声じゃない。

紺は前を向いている。おそらくどこも見ていない。ただ顔を前方に向けているだけだ。

紺の口はぴくりともしていない。

「ちあみは、ちあみだよ。ママ――」

それは聞こえないはずの声だ。

たしかに彼女はここにいる。

それでいて響くはずのない、彼女の声だ。

「ちあみは、ちあみだよ」

＃3-4_kon_chiami/ 閉ざされた彼女の響かぬ声

誰だっけ。

もう忘れちゃった。

ママに誰かの話をした。

「××ちゃんがね、××のぬいぐるみ、買ってもらったんだって」

私はそう言っただけ。

本当は、そんな話をしたら、私も買ってもらえるかもって、少し期待してたんだけど。

ほんの少しだよ？

わかってたし。

「ちあちゃん？　ママ、いつも言ってるよね？　××ちゃんは××ちゃん、ちあちゃんはちあちゃんでしょ？　他人は他人でしょ？　自分は自分でしょ？」

ママが怒るって、ちあちゃん、わかってたもん。ちあちゃんはちあちゃんだもんね。もう言わないから。言ったら、ママ、怒るもん。よその子と比べちゃいけないって。ちあちゃんはちあちゃん。よその子とは違うの。ママの大事なちあちゃん。ちあちゃんは特別。たった一人。ちあちゃんは大事。誰よりも、何よりも大切な、ママの子供。

「今度の夏休み、どうしようか、ちあちゃん。××ちゃんの家はハワイに行くんだって。お正月にはサイパンに行ったって、××ちゃんのママ、言ってたな。パパが仕事休めないって。パパはいっつもそう。同窓会で××と久しぶりに会ったんだけど、お家を建てたんだって。一軒家。ずっとマンション暮らしはいやね。夏休み、どうしようか」

ちあちゃんは、どこでもいいよ。夏休みも、冬休みも、春休みも、ママがしたいようにすればいいよ。ピアノも、バレエも、英会話教室も、水泳も、塾も、全部ママが決めたし。ちあちゃんが行きたくないって言うと、ママ、すごく怒るでしょ。

「いったい誰のためだと思うの？　ちあちゃん？　自分のためでしょ？」

ちあちゃんね、お習字がやってみたかったの。誰だっけ。誰かが習っていて、字が上手で、うらやましくて、ママに頼んだら、怒られた。

「××ちゃんは××ちゃん、ちあちゃんはちあちゃんでしょ？　他人は他人、自分は自分でしょ？　ママ、いつも言ってるよね？　どうしてわからないの？　ちあちゃん！」

わからない、私が悪いんだ。

他人は他人、自分は自分。

ママが決めたことはちあちゃんのため。

だって、ママはちあちゃんが大事だから。

ちあちゃんは、ママの特別だから。

でもね、ママ。ちあちゃん、ピアノもバレエも下手くそだしね。ママに叱られてばかりだしね。英語なんて全然楽しくないしね。泳ぐのは疲れるし、すっごいめんどくさいしね。ママがキレて「だったらもう辞めなさい！　月謝がもったいない！」とかって怒鳴るから、結局、辞めちゃったしね。成績が落ちてママに怒られるのが怖いから塾は通ってるけど、本当はべつに行きたくないし。

「いいのよ。ちあちゃんはちあちゃんなんだから。ちあちゃんはちあちゃんのままでいいの。ありのままのちあちゃんがママは大好き。ね？　ちあちゃん、わかった？」

いつからかな。

絶対、怒られるだろうな。

ママに「ちあちゃん」って呼ばれると、なんかね。体がぞわぞわしてね。息苦しくなってね。いやぁーな気分になってね。ママを怒らせたくないから、こんなこと言えないけど。だって、ママは「ちあちゃん」のことが大好きで、「ちあちゃん」もママが好きだし。だけどね。もしかするとね。

ママが好きなのは、私じゃなくて、ママが大好きな「ちあちゃん」なのかも。

ピアノもバレエも英会話教室も水泳も辞めなきゃよかったな。ママがやって欲しかったんだから。ママの言うことを聞かないと、私は「ちあちゃん」じゃなくなって、嫌われちゃう。何か欲しがったりとか、しちゃいけない。「ちあちゃん」はママを怒らせない。

中学生になったら、スマホを持ってる子が何人もいて。私も欲しくなって、欲しくて、欲しくて、欲しくてたまらなくて。どうしても我慢できなくて、でも、ママに頼んだら怒られるに決まってるし、思いきってパパにねだってみたら、買ってくれて。

それで、ママはパパと大喧嘩《おおげんか》した。ママ、夜遅くまで怒鳴ってた。

「私には指輪の一つも買ってくれないくせに娘がせがんだらすぐ何でもあげて！　私はあなたの何なの！　私があなたと娘のためにどれだけ犠牲を払ってきたと思ってるのよ！」

私は聞こえないふりをした。あーあーあーあーあーあーああーあーあーあああー何も聞こえない聞こえない聞こえないあーあーあーあーあー聞こえない聞いてない聞こえませんあーあーあーあー。

ママは怒ると怖いんだ。怒らせちゃだめなんだ。怒ってない時はやさしいんだ。みんな、ママのことを褒めるんだ。ママは外面《そとづら》が、じゃない、愛想がよくて、「ちあちゃん」が小学校の時はＰＴＡの活動とかやりまくってたし。友だちだって大勢いるし。パパの親のおじいちゃんとおばあちゃんもパパよりママの肩を持つし。ママは「ちあちゃん」のことを好きでいてくれるし。「ちあちゃん」のママだし。

私が悪いのかな。私のせいなのかな。私はママほど外面がよくない、じゃなくて、やさしい人間じゃないしな。気合い入れないと、にこにこできないし。すぐよその子と自分を比べちゃうしな。友だちも、そんなにはいないし。ＳＮＳでこっそり闇を吐きだしたりしてるし。そうしないと、つらくてつらくてつらくてつらくて耐えられないし。

このままだと、私は「ちあちゃん」じゃなくなって、ママに嫌われちゃうかもしれない。

一生懸命やってるのにな。友だちにはやさしくして、「何でも言って」って伝えるようにしてるし、どんなことでも私は受け止めるつもりだし。欲しい物があっても基本、我慢してるし。できるだけママの言うとおりにしてるし。ママに怒られないように、ママを怒らせないように気をつけてるし。ママに「ちあちゃん」って呼ばれてぞわぞわっとしても、笑って「何、ママ?」って答えるようにしてるし。がんばってるんだけどな。

ＳＮＳで闇を吐きだすと励ましてくれる人もいたりするし、わりと、けっこう励まされるし、私は悪くないって言ってもらえたりもするけど、やっぱり私が悪いんだろうな。

（おかしいんじゃね?）

たまに、声が聞こえる。

おかしい?

誰が?

（おまえだよ）

私?

（おまえのせいだ）

きっとそうなんだろうな。

私が私のままで、ママの大好きな「ちあちゃん」だったらよかったのに。

わかってる。凪沙《なぎさ》だって、依子《よりこ》だって、未由姫《みゆき》だって、どうせ本当は私のことなんか好きじゃない。SNSを見てると、人には裏があるってことがよくわかるし。ママだって結局、そうだしな。私も「ちあちゃん」じゃないし。ママが大好きな「ちあちゃん」になれたらいいけど、私は私でしかなくて、ちあみはちあみだし。

こんなにがんばってるのに、どうしてみんな私を好きになってくれないの？

【自分自身を見つけよう！】

SNSに誰かが書いていた。**【自分を探そう！】**、**【自分を見つけだそう！】**。

そのためには、自分自身に問いかけるといいんだって。私は何？　私は誰？　私はどうしたい？　どうなりたいの？　私は何が欲しい？

「ちあちゃん」

ママ、私を「ちあちゃん」なんて呼ばないで。でも、ママに嫌われたくない。ママ、私を好きでいて。私はママのことが大好きだから。凪沙も、依子も、未由姫も、私のことを好きでいて。もっと好きになって。寂しいし、不安だから、みんな、私を好きでいて。私を嫌わないで。ママ、私、違うよ。私は「ちあちゃん」じゃない。

私は、ちあみ。ちあみは、ちあみだよ。ママはちあみが嫌いなの？

嫌わないで。私を好きでいて。ちあみを愛して。

愛してくれないなら、みんな大嫌い。

#3-5_otogiri_tobi/ いつか世界の終わり

校門の前でぴっちりしたスーツを着ている黒縁眼鏡《めがね》の教員が声をかけてきた。飛《とび》は足を止めた。

「おはようございます、八柄島《やがらしま》先生」

「……お、おう。な、何だ、弟切」

「僕、このバックパックじゃないと――」

飛は肩を上げて背負っているバクを示してみせた。

「こいつ以外じゃ、だめなんです。いつも先生を不愉快にさせて、ごめんなさい」

「べつに不愉快ってことじゃないんだが……」

「そうですか。毎朝、お疲れ様です」

「う、うん、いや、仕事だからな……」

飛は教員に軽くお辞儀をしてから校門を通りすぎた。バクが「んー」と唸《うな》った。

「心境の変化ってやつか？」

「……ただ、なんとなくだよ」

「弟切《おとぎり》ぃ……」

靴箱のところで白玉《しらたま》が待っていた。飛《とび》は靴を履き替えて白玉と一緒に教室へ向かった。白玉は何か話したそうだったが、言葉が見つからないようだ。飛も同じだった。教室に着くと浅宮《あさみや》の姿があって、ほっとした。白玉も同じ気持ちだろう。

朝のホームルームで担任の針本《はりもと》が紺《こん》のことを話した。紺は今日も欠席で、快復するまでにはもう少しかかる。それだけだった。高友《たかとも》についての話題はなかった。

紺と仲がよかった村浜《むらはま》と下前田《しもまえだ》は、他の女子生徒や男子生徒たちのグループに加わっていた。正宗《まさむね》こと正木宗二《まさきしゆうじ》がさかんにふざけて、そのグループの生徒たちを笑わせていた。浅宮がうとましげにその様子を見ていた。

給食はコッペパンだけ残して秒で平らげた。飛はコッペパンを手にバクを引っ担いで教室を出た。

中庭はまだ立入禁止だ。玄関から外に出ようとしたら、雨が降りだした。仕方ない。飛は靴箱の前にしゃがんでコッペパンを食べた。

「世界は回る、だなァ……」

バクがぼやくように言った。飛はあっさりコッペパンを食べ終えた。

「何、それ」

「ただなんとなく、だよ。わかんねえか？　これくらい、わかれ」

バクが言いたいのはたぶん、こういうことだろう。

高友や紺にあんなことが起こったのに、他の人びとは早くも日常を取り戻しつつある。たとえば今日、飛がいなくなったとしても、地球の自転や公転には何の影響もない。変わらず回りつづける。世界は回る。みんなそれぞれ、相変わらず生きてゆく。

玄関の透明なガラス扉の向こうで細かい雨が降りしきっている。雨音は聞こえない。

給食の時間が終わって昼休みが始まると、誰かが靴箱に近づいてきた。その誰かは飛の隣にしゃがんだ。

二人でしばらく雨を眺めていた。

「調べてみた？」

飛は隣にいる彼女を見ずに尋ねた。

「スマホの……ネットとかで？」

「人外について？」

彼女が訊《き》き返してきた。飛がうなずくと、彼女は「少しだけ」と答えた。

「何かわかった？」

「おばけとか、幽霊とか、妖怪とか、妖精とか——その正体が人外なんですって。それから、都市伝説として語られているような不思議な現象にも、人外が関わっているとか」

「何でもありなんだ」

飛は苦笑してしまった。彼女も笑った。飛は隣を見た。白玉も飛を見ていた。

「オレやチヌは化け物のたぐいかよ」

バクが、チッ、と舌打ちをするような音を立てた。白玉《しらたま》が、まあまあ、というふうにバクをそっと撫《な》でた。

「どんなことでも人外に結びつけたがる人たちが、一部にいるみたいです。いずれにしても、人外は見える人しか見えないんですって」

「飛《とび》とかお龍《りゅう》みたいにか。そこはとりあえず合ってるっぽいな」

「見えない人が大半なので、本気にしていない人が多いようで。オカルトというか――」

「バクはオカルトか」

飛が呟《つぶや》くと、バクは暴れた。足がないのに、飛を蹴ろうとしているようだ。それか、殴ろうとしているのか。白玉がまたバクをさすってなだめた。

「SNSは、わたしまだ、やったことがなくて。今度、試しに登録してみようかと」

「僕はスマホも持ってないしな」

「あればあったで便利です」

「そういうもの？」

「どこにいても、連絡がつきますし」

施設でもスマホを持っている入所者はめずらしくない。夜通し友人とメッセージのやりとりや通話をして、職員に注意されたりもしている。

「何かあったら――」

白玉は外を見やった。

「話せますし。いつでも……」

「うん……」

飛は曖昧にうなずいた。

「ケッ！」

バクが何か言いたげだ。言いたいことがあるのなら、はっきり口にすればいいのに。

「あ、そうだ」

白玉はスカートのポケットからスマホを出した。ディスプレーをタップしてアプリを起動する。飛に画面を見せた。

「こういう地図も見られるの。拡大したり、縮小したり。向きも自由に変えられて」

「あぁ。すごいね」

「もう道に迷うことはありません」

「なんか、白玉、僕に売りつけようとしてる……？」

「めっそうもない！」

白玉が妙に古めかしい言葉を使ったので、飛は噴きだしそうになった。白玉はきょとんとしている。

「地図か」

飛《とび》は呟《つぶや》いた。

「連絡も、できますし」

白玉《しらたま》がスマホをいじりながらさっきと同じことを言った。

「……わたし、しつこいですか?」

飛は頭を振った。

「そんなことないよ」

雨脚が強くなってきた。雷が鳴りそうだ。

「気になっていることがあって——」

白玉は言いかけて躊躇《ちゅうちょ》した。飛が「何?」と先をうながすと、白玉はスマホをしまって一つ息をついた。

「声のことです」

思いあたる節があった。飛も少し引っかかるものを感じていた。

「もしかして……『おかしいんじゃね?』とかっていう、あの声?」

高友《たかとも》と紺《こん》は幻聴か何かだと思っていたようだ。精神のバランスが崩れると、そういうことだっておそらく起こりうる。でも、高友だけじゃない。紺だけでもない。二人とも似た声を聞いていた。白玉は目を伏せて下唇を軽く噛《か》んだ。

「わたしにはどうしても、空耳や幻聴だとは思えなくて……」

バクが「ハァーッ……」とため息をつくような音を発した。

高友は意識を取り戻していない。紺はどうなるのか。見通しは立たない。でも、一段落した。そうじゃないのか。

世界は回りつづける。

もし幻聴じゃないとしたら、誰の声なのだろう。


午後の教室では、耳を澄まさなくても雨音がはっきりと聞こえた。時折、遠くの空に稲妻が走った。遅れて雷鳴が轟《とどろ》くと、正宗《まさむね》が何か言って笑いが起こった。そのたびに教員が静かにしなさいと注意した。

飛はしばしば席が近い浅宮《あさみや》の様子をうかがった。浅宮は机の上に教科書やノートを広げてはいた。でも、ほとんど下を向いてるだけだ。目には見えない重石《おもし》を背中にのせられていて、精一杯その重量に耐えている。なんだかそんなふうでもあった。

正宗が声を発すると、浅宮は必ずいくらか顔を上げた。ちらっと振り返って、正宗のほうに目をやる。そのあと浅宮は頭を揺するように振ったり、深く息を吐いたりした。飛には聞きとれないが、何か小声で呟くこともあった。

五時間目が終わった直後、一際大きな雷が鳴って、正宗《まさむね》が「うひゃあっ！」と椅子から転げ落ちた。二年三組の生徒たちはどっと沸き、教室から出る準備をしていた教員さえ笑いだした。

「俺じゃない！」

突然だった。浅宮《あさみや》が立ち上がって正宗を睨《にら》みつけた。

笑い声が一斉に止《や》んだ。正宗は尻餅をついたまま、ぽかんと口を開けている。

「おかしいのはおまえだろ！」

浅宮は誰に対して、おまえ、と言ったのか。当然、正宗だろう。

樹皮めいた肌のメガネザルといったような言わざるを頭の上に座らせておどけてばかりいる正宗は、たしかにおかしい。もっとも、それは飛《とび》にあの人外が見えているからだ。人外を度外視すれば、正宗は単なるお調子者でしかない。

「俺はおかしくない！」

浅宮が吠《ほ》え立てるように叫んだ。

「おかしくない！　おかしくない！　おかしくない！　やめろ……！　俺はおかしくない、おかしくなんかない！　俺じゃない、おかしいのはそっちだろ！　俺じゃない！　俺はおかしくない！　おかしくない！　おかしくないんだよ！　おかしくない、おかしくない、おかしくない！　俺はおかしくない……！」

「……いや、客観的に見て、今のおまえはおかしいと思うけどな？」

正宗が引きつった笑い顔を作ると、それを冗談だと受けとったのか、何人かの同級生が控えめに笑った。浅宮は両手で自分の頭の両側をばしばしと叩《たた》きはじめた。

「うるさい、うるさい、うるさい、うるさい、うるさい！　誰だ！　俺はおかしくない！　そっちじゃないか、おかしいのは、おまえらがおかしいんだ、俺じゃない！」

「あ、浅宮くん……！」

白玉《しらたま》が浅宮に走り寄ってゆく。

「飛――」

バクに声をかけられたのとほぼ同時だった。飛はそれに気づいた。いつからだろう。わからないが、その時まで気づかなかった。言わざるだ。見ようによっては不気味なあの人外は、今も正宗の頭にちょこんと座っている。でも、言わざるじゃない。

口をふさぐポーズをしていて、日光東照宮《にっこうとうしょうぐう》の三猿「見ざる聞かざる言わざる」の「言わざる」に似ていたから、飛は便宜的に言わざると呼んでいた。もう違う。口をふさいでいない。正確には、普通ならそこには口があるはずだ。やつのその部分にはない。何もない。やつにはメガネザルのような目がある。耳や鼻もある。ところが、口はない。もともとないのか。それとも、なくなったのか。どちらにせよ、あの人外はありもしない口をずっとふさいでいた。なぜあのポーズをやめたのか。浅宮が白玉を突き放した。

「――っ……」

白玉《しらたま》は近くの机にぶつかってよろめいた。浅宮《あさみや》が勢いよく上半身を前に倒して、すぐに仰《の》け反《ぞ》った。その動作を繰り返した。

「うううううぅぅぅあああああああぁぁぁああああぁぁぁああああぁぁぁ……！」

生徒たちはうろたえた。怯《おび》えて逃げだそうとする生徒もいた。パニックだ。もちろん飛《とび》も驚いていた。浅宮。どうしてしまったのか。自分はおかしくないと叫んでいた。まるで、おまえがおかしい、と言い立てられて、それに反論するかのように。

誰が浅宮にそんなことを言ったのだろう。

少なくとも、飛は聞いていない。浅宮には聞こえたのか。浅宮にだけ。

飛は見た。正宗《まさむね》だ。正木宗二《まさきしゅうじ》が両手で口を覆っていた。

人外に代わって、正宗が「言わざる」のポーズをとっている。

「……あの野郎！」

バクが吐き捨てるように言った。正宗は両目を細め、肩を震わせている。何がそんなに愉快なのか。笑っている。正宗は大笑いしそうになって、必死でそれをこらえている。

飛は机に掛けてあったバクを引っ掴《つか》んだ。置いていったりしたら、バクはきっと飛を許さないだろう。飛は机や椅子や同級生たちの間を縫って駆けた。正宗が飛に気づいて目を剥《む》いた。飛は正宗に躍りかかろうとした。その声が聞こえた。

（おかしいんじゃね？）（おまえのせいだ）（おまえが悪い）（おまえだ）（おまえが）

「――んぁっ……」

飛は頭を押さえてしゃがみこんだ。飛だけじゃない。白玉も「きゃっ……！」と悲鳴をあげた。声。声だ。声？　これは声なのか？

（おまえだ）（おかしいんじゃね？）（おまえが）（悪いのはおまえだ）

いくつもの声が一緒くたに液体や固体、たとえて言えばどろどろに溶けるまで熱された金属のような状態になって、頭の中に直接どんどん流れこんでくる。

（おかしいんじゃね？）（おまえが）（おかしいんだよ）（おまえが）（おまえが）

「……飛！　飛ッ!?」

バクが喚《わめ》く。正宗の頭の上で、樹皮のような肌をした口のないメガネザル、あの人外が、やつには口がないのに、本来なら口があるべき箇所を、もぞもぞと蠢《うごめ》かせている。

（おかしい）（おかしいんじゃね？）（おかしいんだよ）（おまえがおかしい）

おかしいのか？　おかしい。おかしいんじゃね？　おかしくなってしまいそうだ。

あいつか？

そうだ。正宗の人外。あいつだ。あの人外が、この声を。

「飛、オレを……！」

オレを？　何だって？　バクを。そうか。飛はバクを正宗めがけて投げつけた。

「——うあっ……!?」

正宗《まさむね》は間一髪のところで身を躱《かわ》した。避《よ》けられた。教室後ろのロッカーに激突したバクを尻目に、正宗が逃げる。教室を出るつもりか。飛《とび》はバクを拾って正宗を追いかけた。正宗が力任せに閉めていったドアを開けて廊下に出ると、白玉《しらたま》に呼び止められた。

「飛くん、待って！　わたしも……！」

「白玉は灰崎《はいざき》に報《しら》せて！」

振り返らずに言いながら、飛は廊下を走った。灰崎に報せて何になるのか。わからない。とっさに出た言葉だった。白玉は来ないほうがいい。危険だ。バクが怒鳴った。

「どこに逃げようってんだ、あの野郎！」

「僕が知るかよ！」

正宗は背こそ高くないが、なかなか足が速い。階段でいくらか距離を縮めることができたものの、簡単には追いつけそうにない。正宗は下駄箱《げたばこ》に向かっている。靴を履き替えないのか。そのまま玄関のガラス扉に突っこんでゆく。体当たりするような勢いだ。正宗はガラス扉を押し開けて外に出た。飛も上履きのまま正宗を追った。

すごい雨だ。飛はあっという間にずぶ濡《ぬ》れになった。正宗が激走しながら何か喚《わめ》き散らしている。雨音に紛れてよく聞きとれない。でもどうやら、違う、とか、俺じゃない、とか、俺のせいじゃない、とか、そんなことを言っているようだ。

「――にしても、こいつはひでえ！　最悪だな……！」

バクが悪態をついた。まさしくバケツをひっくり返したような降り方だ。

正宗が赤信号の横断歩道を渡ろうとして、車にクラクションを鳴らされた。正宗は一瞬びくっと止まりかけたが、そのまま突っ切ってゆく。飛はちょっと足を止めざるをえなかった。何台もの車が行き交っている。右から、左から走ってくる車と車の切れ目を見定めて飛も横断歩道を走り抜けた。また離されてしまった。

もう放っておけばいい。豪雨だし。息も上がっている。正直、きつい。こんな思いをしてまで正宗を追いかけないといけないのか。

人外。人外が関わっているからか。飛にはバクがいる。人外が見える。

バクが紺《こん》の人外を食べた。それで紺は虚心症だか何だかになった。あれはバクがしでかしたことだから、飛にも責任がある。でも、元はと言えば自業自得《じごうじとく》じゃないか。

紺は母親との間にこみ入った問題を抱えていた。たとえそのことが原因だとしても、紺の人外が悪さをしなければここまで大事《おおごと》にはなっていない。高友《たかとも》は屋上から飛び降りたりしなかったはずだ。

それから、あの声。あれも人外の仕業だった。正木宗二《まさきしゅうじ》。正宗の人外があの声で紺や高友を思い詰めさせ、追いこんだ。正宗の人外が余計なことをしなければ、一連の悲惨な出来事は起こらなかっただろう。

放置したら、正宗《まさむね》の人外はまたやる。実際、やっていた。浅宮《あさみや》にあの声を聞かせた。食べたほうがいい。

あの人外を食べてしまえ。

正宗は浅川《あさかわ》方面に進んでいる。橋を渡るのか。違う。土手だ。正宗は浅川沿いの土手を駆け下ってゆく。通称、浅川デン。浅川の河川敷にはテント村がある。正宗はテント村が途切れたあたりで河川敷に下りていった。その一帯には雑草が生い茂っていて、もう少し行くと人の背丈よりも高い雑木が鬱蒼《うっそう》としている。

正宗が立ち止まらずに振り向いた。

今や正宗は正木宗二《まさきしゅうじ》の顔をしていなかった。大きすぎる二つの目。円い耳はよく聞こえそうだ。鼻は突起のようで、口はない。メガネザルだ。正宗は樹皮のような肌をしたメガネザルの仮面でも被《かぶ》っているのか。そんなわけがないし、肝心の人外が頭の上にいない。

「人外と一体化してやがるのか……!?」

バクが言ったとおりなのだろう。正宗の頭部だけが人外と瓜二つ《うりふた》になっている。首から下は正宗のままだ。

「正木……!」

無駄を承知で飛《とび》は正宗に呼びかけてみた。正宗は雑木の茂みに分け入ろうとしている。きっとそのまま行ってしまうだろう。意外だった。正宗はこちらに向き直った。

（何だおまえ）（何なんだおまえは）（おまえは何だ）（何なんだよ）（おまえは何だ）

「――ぁあっ……」

飛は思わず両耳をふさいだ。そんなことをしても意味がなかった。正宗には口がない。口があるべき部分はもごもごぷつぷつと動いている。さながらそこに何百何千それ以上の蛆《うじ》が湧いているかのように。でも、それは断じて口じゃない。この声は音じゃない。

（おまえは何だ）（誰だおまえ）（おまえは）（誰なんだおまえは）（何なんだよ）

脳だ。飛の脳が震えている。あの声が脳を揺さぶって細かく振動させている。

（知らないくせに）（何も知らないくせに）（俺は悪くない）（俺のせいじゃない）

（おかしいんじゃゃね？）（おかしいんだよ）（おまえが）（おまえの）（おまえだ）

（俺じゃない）（おまえだ）（おかしい）（おかしいんだよ）（おかしいのはおまえだ）

「――……飛！　飛ッ！　おい、飛!?　飛ィッ……！」

バクが飛の名を連呼する。いつの間にか飛は、濡《ぬ》れた草むらにうずくまっていた。

正宗が身をひるがえして雑木の茂みの中に消えた。飛の脳はまだ揺れている。脳が揺れるなんてことがあるのか。とにかくかなり気持ち悪い。でも、あいつを食べないと。

飛は立ち上がった。ほとんどジャングルみたいな雑木の茂みの濡れそぼった枝葉をかき分け、押しのけて、正宗を捜した。川岸に向かっているらしい。それはなんとなくわかっていた。あいつはどこだ。姿は見えないが、いる。この先に。

もう少しだ。鞭《むち》みたいにしなる枝を振り払って進むと、その向こうは狭い川原だった。川原といっても、石や砂はそんなにない。泥地だ。下流側に目をやると、鉄道橋が見えた。そのそばに歩道橋も架かっている。浅川《あさかわ》は濁っていて、いつもより流れが速い。正宗《まさむね》は膝まで浅川に浸《つ》かっていた。飛《とび》に背を向けている。

飛は泥地に足を踏み入れた。ひどくぬかるんでいる。あいつを食べるんだ。

食べる？

あいつを、食べる。どうして？

「……腹が減ってるんだ」

バクが呻《うめ》くように言う。

「なんだか……腹が減ってしょうがねえ。おまえもそうだろ、飛……？」

細胞が、体中の全細胞がすっからかんになっている。空っぽだ。どうにかして満たさないと。さもなければ生きていられない。食べないと、死んでしまう。生きるためだ。生きながらえるために、食べるんだ。あいつを、あの人外を、食べないと。

バクは餓《う》えている。餓えているのはバクだ。でも、飛にはバクの飢餓感が手に取るようにわかる。飛は餓えていない。あいつを食べたいなんて、これっぽっちも思っていない。そう断言できるだろうか。誰だって、食べずに生きてはゆけないのに。

生きるために食べて、何が悪い？

そうやって、紺《こん》ちあみの人外を食べたんだ。また食べるのか？

あの人外を食べたら、どうなる？

人間の頭部と一体化しているように見えるあの人外を、食べてしまったら？

正木《まさき》宗二《しゅうじ》は、どうなるのか？

「そこで何してるんだ、正木」

飛は浅川の水際で足を止めた。

食べさせちゃだめだ。

バクにあの人外を食べさせるわけにはいかない。

「戻ってきたほうがいいよ。雨が降ってるし、危ないから」

（――見捨てた）

声だ。鼓膜ではなくて脳に響く、あの声。

（おまえは見捨てたんだ。あの日……兄ちゃんを）

でも、これは正宗の声だ。

（似てなかったよな、おまえとは。すらっとしてて、頭も、運動神経もよくて。ゲームが上手《うま》くて、絵も上手で、何でもできて。兄ちゃんはやさしかったよな。おまえは？）

（おまえは……親に叱られるようなことばっかりして、いつも兄ちゃんが庇《かば》ってくれて。しょうがないなって感じで。出来の悪い弟だけど、まあ、それでも弟だからな？）

（兄ちゃん、兄ちゃんって、ずっとくっついて歩いてくる弟が、本当はうざかっただろうけどな？　たまに兄ちゃんが冷たいと、おまえは泣き叫んで、ぎゃあぎゃあ騒いで。いいかげんにしろって、また親に怒られて――）

何だ？

これは、何の――誰の話なのだろう。

（よく家族でキャンプに行った。あの日が最後のキャンプだったよな？　川だよ。川があったんだよ。そのキャンプ場の近くに川が。言いだしたのは兄ちゃんだよな？　シュウ、泳ごうって。シュウ！　宗二《しゅうじ》のシュウ。次男だから宗二なんだよな？　でも、おまえは怖がって、兄ちゃんは一人で泳いでたんだ。おまえは川原で、石を積んでた――）

兄ちゃん？　兄？

（岸から離れて泳いでた兄ちゃんが、突然、『シュウ、助けて！』って――）

誰の兄なのか。正木《まさき》宗二の？

（おまえは……助けに行かなかったよな？）

（だって、怖いし！　まだそんなに泳げないし！　無理だよ、助けるなんて！）

（そう！　そうだよ、だからおまえは……黙って見てたんだよな？）

（兄ちゃん……溺れてた……浮かんだり沈んだりしながら……川だし、流れがあるから、流されて……川の水を飲みながら、何回も何回も『シュウ、助けて！』って――）

（──おまえはただ、見てたよな？　助けを求める兄ちゃんの声を……ただ、聞いてた）

（すぐ助けなきゃ、兄ちゃん、死んじゃう！）

（おまえは、そう思ったのにな？　わかってたのに……何もしなかったんだよな？）

（兄ちゃんが、すっかり流されて、もう見えなくなって──）

（それからだよな？　そう！　そのあとなんだよ、おまえが親のところに行ったのは）

（泣きながら、親に……『いなくなった』『兄ちゃんが、いなくなっちゃった……』）

（違くね？　なあ？　違うだろ？　違うよな？　そうじゃなかっただろ？）

（兄ちゃん、何回も『シュウ、助けて！』って……助けを、求めて──）

（それなのに、おまえは無視したんだよな？　あげくの果てに、嘘《うそ》までついたんだ）

（兄ちゃんを……見捨てた）

（そうだよ。おまえは、兄ちゃんを、見捨てた）（見殺しにした）（おまえが死なせた）

「……おまえって──」

飛《とび》は手で顔をぬぐった。雨は一向に弱まらない。どこかで雷が鳴った。

（俺だ）

声が言う。

（俺が）（俺だ）（俺が）（俺）（俺が）（俺なんだ）（俺）（俺）（俺）（俺が──）

（俺が兄ちゃんを見捨てて、見殺しにした。あんなことができるなんて、俺──）

（おかしいんじゃね？）

（違う）（……違う）（俺じゃ――）（違う）（俺じゃない）（悪くない）（俺は）

（俺のせいじゃない！）（誰だよ）（おまえのせいだ、おまえが悪いって、責めるのは）

（誰かが俺を責めてる）（聞こえる気がする）（俺を責める声が）（――気のせいだ）

（でも、親は思ってるんだ）（俺にはわかる）（なんでおまえじゃなかったんだ？）

（兄ちゃんじゃなくて、おまえが死ねばよかったのに）（――きっとそう思ってる）

（俺、兄ちゃんみたいに頭よくないし、絵も下手で、背だってなかなか伸びなくて……）

（言うことも聞かない）（嘘《うそ》つきで）（兄ちゃんを、見捨てた）（見殺しに）（殺した）

（兄ちゃんは『シュウ、助けて』って言ったのに）（――どうせ、何もできなかった）

（すぐ親を呼びに行けば）（どうせ間に合わなかった！）（ひどいやつだな？）

（兄ちゃん、溺れてた）（苦しそうで……）（知らんぷりして）（とんでもないやつだ）

「もう、いいから……！」

聞きたくない。こんな話、知りたくもない。

「わざとじゃなかったんだろ！　正木《まさき》、おまえのせいじゃ――」

（俺じゃない）（俺のせいじゃない）（俺は悪くない）（俺はおかしくない）（俺は）

（よく覚えてる）（兄ちゃんの法事で、俺が泣いて、泣いて、泣きまくったら――）

（その顔がひどいって、ひどすぎだって、みんな笑った！）（親まで笑ってくれた！）

（兄ちゃんもよく言ってた！）（『シュウはめっちゃ面白い』）（いつも笑ってくれた）

（俺、面白い？）（ねえ、兄ちゃん？）（俺は面白い？）（面白いよ）（俺は面白い）

（笑えよ）（笑ってくれよ）（俺は面白いだろ？）（笑え）（俺は面白いんだから）

（面白いだろ？）（笑わせてやるよ）（俺が笑わせてやってるんだ）（だから、笑え！）

正宗《まさむね》。正宗が変わりはじめている。いいや。とっくに変わっていた。すでに正宗の頭は樹皮のような肌の口がないメガネザルだ。言わば、人外化している。でも、さっきまでは首から上の頭だけだった。今や頭だけじゃない。

（これが俺だ）（SNSに誰か書いてたよな）（【自分自身を見つけよう！】）

（【自分を探そう！】）（【自分を見つけだそう！】）（俺は俺を見つけたんだ！）

（面白い俺）（みんなを笑わせる）（兄ちゃんを見捨てた俺）（おかしいんじゃね？）

（俺は）（俺だ）（俺が）（俺）（俺は）（俺）（俺）（俺）（俺）（俺）（俺は――）

正宗の首から肩まで、それどころか胸まで、樹皮のような肌が広がっている。その肌全体がもぞもぞぷちぷちと蠢動《しゅんどう》している。

（高友《たかとも》）（おまえは俺のことわかってくれると思ったのに）（あいつ――）（あの女）

（話したのに）（兄ちゃんのことも）（慰めてくれたのに）（好きってことだろ？）

（それなのに――）（『正宗と付き合うとか、ないわ』）（笑いながら断りやがって！）

（高友）（それでも俺は心配してやっただろ？）（様子が変だったから）（なのに――）

（あいつ）（『はぁ？　何が？』）（何なんだ、あいつ！）（――おかしいんじゃね？）

（おかしいんだよ）（そもそも、あいつのせいだろ？）（あいつが俺と付き合ってれば）

（悪いのはあいつだ）（高友《たかとも》）（ざまあみろ）（すっとしたよな）（当然の報いだ！）

どんどん、みるみるうちに、正宗《まさむね》は変貌してゆく。このままだと、変化は正宗の全身に及ぶだろう。正宗自身が人外になってしまう。

（でも、飛び降りることはなかったよな？）（紺《こん》め）（そうだ）（あいつのせいだろ？）

（浅宮《あさみや》）（何キレてんだ）（笑えよ）（笑ってろ）（俺が笑わせてやってんだから）

（せっかく俺が空気を読んで笑わせてやってるのに）（笑え）「――笑ってろ！」

脳を震わせる声だけじゃない。飛《とび》の脳は相変わらずあの声に揺さぶられているが、それと同時に別の声が響き渡った。

（俺が）「俺が」（俺が笑わせてやってるのに）「笑え！」（お気楽な馬鹿どもめ！）

もはや正宗は頭の先から腕や脚まで人外化している。その奇妙にぽってりした腹がぶつぶつぷちぷち、ぶるるぶるると蠢《うごめ》いて、とうとう裂けた。そこからがばっと広がった。

「笑え！」（笑えよ！）「馬鹿は」（笑ってろ！）「笑え！」（「一生笑ってろ！」）

あれは口なのか。小さな歯が並んでいる。口に違いない。

「（「アハハハハハハハハハハハハハハハハハハハハハハハハハハハハ！」）」

口が、正宗の腹に開いた巨大な傷口のような口が、笑う。大笑いする。

飛は座りこんでしまいそうになる。バクが何か言っている。しっかりしろ、飛、とか何とか。しっかりする？　しっかりって、どうすれば？　わからない。正宗が、人外が、川の水をばしゃばしゃ撥《は》ね上げながら迫り来る。飛にはもう何もわからない。

「飛ィィーッッ……！」

バクが飛の背中で釣り上げられた大魚みたいに身を躍らせた。飛はバクに無理やり横っ跳びさせられ、泥地に転がりこむ羽目になった。泥にまみれてぐちょぐちょになってしまったが、おかげで正宗の、人外の突進を、紙一重のところで躱《かわ》せた。

「――食え、飛！　あいつを食うんだよ！」

バクが暴れて強引に飛を起き上がらせる。

「(「ウァハハハハハハハハハハハハハハハハハハハハハハハハハハハハハハハ！」)」

正宗が、人外が、おぞましい腹部の大口を開け、飛の脳を揺さぶり、空気を、雨を震わせ、馬鹿笑いしながら、また襲いかかってこようとしている。飛は頭を振る。

「でも、あれを食べたら……！」

「食わねえと、こっちが食われるんだぞ……！」

バクはあくまでもあの人外を食べる気なのか。それは、兄を失ったせいでああなった正木宗二ごと食べる、ということだ。飛はバクのストラップを両手で握り締めた。

「……やめろ！」

「だめだ、そんなの……！」

飛《とび》は走ろうとした。泥地なので足場は最悪だが、関係ない。思うように走れなくても、とにかく走れ。逃げるというよりも、ここから、正宗《まさむね》から離れないと。バクは食べたがっている。その気持ちは飛もわかる。痛いほどわかる。けれどもバクに食べさせてしまったら、飛は必ず後悔する。正宗が追いかけてくる。

（俺を）「俺を」（俺を）「無視するなよ！」（弟切《おとぎり》！）「弟切飛ぃぃぃぃぃぃ……！」

「っ――」

泥に足をとられた。飛は頭から泥地に突っこんだ。泥のせいで見えなかったが、そこに正宗が飛びかかってきたらしい。逆にこれ幸いとばかりに、バクが正宗にかぶりつこうとしたのか。正宗はいったん跳び退《の》いた。かと思いきや、飛の右足首を引っ掴《つか》んだ。

「ふぉっ……――」

飛は放り投げられた。雨の中、宙を舞っている。川だ。川に落ちる。

着水した直後、何かが飛に絡みついてきた。正宗か。水の、川の中だし、何がどうなっているのか。飛は必死に足掻《あが》いた。バクも応戦しようとしている。どうにかこうにか正宗を撥《は》ねのけて、岸に向かおうとしているのに、まったく前に進めない。川の深さは飛の胸くらいだ。足は立つが、泳ぐことにした。だめか。下流方向に押し流される。しまいには、また正宗に足首を掴まれてしまった。

「うぐぁっ——……」

飛は一度、川底まで引きずり下ろされた。だいぶ水を飲んでしまったし、どうして溺れずにすんだのか、正直、わからない。

気がついたら飛は膝よりも浅いところにいた。自力でここまで来たのか。流されたのだろうか。鉄道橋の下だ。ちょうど電車が走っている。歩道橋が見えた。歩道橋の上に誰かいる。欄干から身を乗りだすようにしてこっちを見ている。一人じゃない。二人だ。

「——飛ィ！」

バクに呼びかけられて、飛は振り向いた。

それはもう声なんかじゃなかった。頭上を走る電車の騒音をかき消すような轟音《ごうおん》が耳をつんざいて、飛の脳は一瞬で沸騰しかけた。正宗の体の半分以上が口になっている。そう思えるほど腹部の口を大きく開けて、正宗は躍りかかってきた。飛やバクを食らおうとしている。そんなに食いたいのか。食いたいんだ。食いたくて仕方ないんだ。

食べないと、いのちは存在できないから。

食べることによって、このいのちは保たれている。

食べろ。食べなければ、食べられるだけだ。

でも、あいにく飛は水を飲みすぎたせいか噎《む》せていた。頭が半分朦朧《もうろう》としていて、食べるどころの騒ぎじゃない。これでは食べる前に食べられてしまう。

「遅くなってすまない……！」

横合いから、何かが、誰かがすっ飛んできて、正宗《まさむね》を吹っ飛ばしてくれなければ、きっと食べられていた。

灰崎《はいざき》。用務員の灰崎だ。作業着姿の灰崎が飛《とび》の前に降りたった。

ついさっき、歩道橋の上にいた二人のうち一人が灰崎だった。あの場所からここまで、物の数秒で移動したということになる。そんなことが可能なのか。人間業じゃない。

右脚が、何か変だし。

灰崎の右脚は、黒っぽい。左脚は作業着で、何というか普通なのに。右脚は、革なのか毛皮なのか、そういった質感の物で隙間なく覆われている。

「飛くん……！」

白玉《しらたま》の声がした。歩道橋の上にいたのは灰崎だけじゃない。もう一人が白玉だった。土手だ。白玉が歩道橋と鉄道橋の間の土手を駆け下りてくる。今にも転びそうだ。見ていられない。というか、危なっかしい白玉を見守っている場合でもない。あの声、いや、声とはとても言えない音、魂をすり潰すような絶叫が押し寄せてくる。

「――っっっ……」

飛は気を失いかけた。灰崎は平気なのか。そうでもなさそうだ。腰を屈《かが》めてなんとか持ちこたえている。

正宗は、もう正宗じゃない、ぷつぷつ泡立つ肌の口なしメガネザル、いや、腹に大きな口がある人外は、叫んだ。何度も、何回も叫んだ。叫ぶことで、あの人外は責め立てていた。親しい者たちを。周囲の者たちを。そして、他の誰よりも自分自身を。それはすでに言葉という形を失っていた。剥《む》き出《だ》しの敵愾心《てきがいしん》だった。憎悪でも、恐怖でも、悲憤でもあった。その根本には罪悪感が渦巻いていた。灰崎が絞りだすように怒鳴る。

「あの人外の、主《あるじ》はどこに……!?」

「やつの中だ！」

バクが答えると、灰崎は「なっ――」と絶句した。

「……人外が主を取りこんで、暴走してるのか!?　それとも、主を捕食……」

正宗だった人外は、敵意にまみれた悲しい恐怖を撒《ま》き散らしつづけている。やめろ。やめてくれ。頼むから、どうか。白玉は土手の途中でうずくまっている。立とうとしなくていい。来るな。白玉はそこにいろ。来ちゃだめだ。飛は灰崎の肩を掴《つか》んだ。

「どうすればいい!?」

「そ、それは――」

灰崎は微《かす》かに頭を振った。切れ長の目が糸のように細められ、顎が震えている。その表情が物語っていた。手遅れだ。正宗を救う術《すべ》はない。灰崎は不意に目を見開き、飛の手を振り払った。

「きみは下がってろ。これは、おれがやる」

私、じゃない。灰崎《はいざき》は自分のことを、おれ、と言った。その瞬間、飛《とび》は悟った。灰崎は正木《まさき》宗二《しゅうじ》ごとあの人外を処理しようとしている。できるのか。方法は？　飛にわかるわけがない。灰崎がやるというなら、任せるしかない。それでいいのか。本当に？

「おまえの出る幕じゃねえ！」

飛の背中でバクが暴れだした。異様な暴れ方だった。

とっさに飛はバクのストラップを握って抑えようとした。でも、とうてい無理だ。飛はストラップを手放した。そうするしかなかった。手を放さなかったら、どうなっていたか。どうなっていたのだろう。見当もつかない。

バクは飛の背中から抜けだして、灰崎を押しのけた。バクなのか、とは思わなかった。たとえどんな姿をしていても、飛にはわかる。バクはバクだ。驚かなかった、とは言えない。そこまで言ったらさすがに嘘《うそ》になってしまう。

バクは飛と灰崎に背を向けて、二本の足で立っていた。腕も二本ある。手がずいぶん大きい。指は四本だ。丈の長いマントのような、バクの――バックパックの生地に似た素材の服を着ている。あれは本物の服なのだろうか。服のように見えるだけなのか。頭はまるで筒だ。振り向くと、筒状の頭には口しかなかった。

「やるのは、このオレだ……！」

「行け、バク」

飛は口に出してそう言ってから、うなずいた。バクはうなずき返さなかった。

正宗《まさむね》だった人外が攻めかかってくる。迎え撃つどころか、バクは先に仕掛けた。ものすごい勢いで跳んで、いきなり人外の頭を鷲掴《わしづか》みにした。その時、飛は気づいた。バクの筒状の頭部には口しかない。でも、大きな手の甲に目玉がついている。

「引っ剥《ぺ》がしてやる……！」

バクは左右の足を正宗だった人外の両肩にかけて踏んばった。ひょっとして、あの人外を着ぐるみか何かに見立てて、力ずくで脱がせてしまおうとしているのか。背筋力計を引っぱるようなやり方だ。果たして脱げるものなのか。

「ンヌヌヌヌヌヌヌヌヌヌゥゥゥゥゥゥァァァァァァアアアアアァァァッ……！」

人外も黙っていない。激しく身をよじり、両腕を振り回して、バクを振りほどこうとする。盛大に水飛沫《みずしぶき》が上がった。人外はバクごと川の中に倒れこんだ。

（悪くない！）（俺は！）（おまえが！）（俺のせいじゃない！）（おまえの！）

あの声で飛の脳が震える。慣れてきたのか。それとも、声が小さくなっているのか。なんとか耐えられる。灰崎は飛を一瞥《いちべつ》して、すぐさま人外とバクに目を戻した。

「弟切《おとぎり》くん、あれは……!?」

飛は返事をしなかった。バクはバクだ。そうとしか言えない。

「バク……！」

白玉《しらたま》がようやく岸まで辿《たど》りついた。ずぶ濡《ぬ》れだし、土手で転んだせいか、どろどろだ。右肩にチヌがしがみついている。

「がんばって、バク……！」

白玉はちゃんとあれがバクだと理解している。そのことがやけに心強かった。飛《とび》は心の中でバクに言った。おまえもだろ、バク。

兄がいなくなってから、飛とバクはずっと一緒で、互いの他には何もなかった。飛に手を差しのべる者もいた。でも、その人たちにはバクの声が届かない。バクは飛の大切な相棒なのに。バクはただのバックパックじゃない。そう説明したところで、どうせ無駄だ。わかってもらえるわけがない。

白玉は違う。飛とバクが分かちがたく結びついていることを知っている。飛にバクがいるように、白玉にはチヌがいるからだ。

バクと人外は濁流の最中《さなか》で取っ組みあっている。飛は白玉のように声を嗄《か》らしてバクを励ましたりはしない。その必要はなかった。飛も戦っているからだ。比喩でも何でもない。バクも飛もいのちを賭けてこの戦いに臨んでいる。万一バクが敗れたら、どうなるか。虚心症だか何だかで、今ここにいる飛はバクもろとも消え去るだろう。灰崎《はいざき》が叫んだ。

「あぁっ……！」

バクは目玉つきの両手で人外の頭をがっちりと掴《つか》んだまま放していない。右脚を人外の左肩あたりに、左脚を胸に押しつけている。そのすぐ下は人外の口だ。人外は腹部の口でバクに食らいつこうとしている。食われる前に、人外を正宗《まさむね》から引き剥《は》がせ。あと少し。もうちょっとだ。人外はだいぶ伸びている。おかげでメガネザルには見えない。真ん丸かった両目がずいぶん縦に長い楕円形《だえんけい》になっている。限界だ。あれ以上は伸びない。

「ウルゥアアアァァアアアアアアアァアアアアァアアアアアアアァァァ……！」

バクが雄叫《おたけ》びを上げた。

一気に剥けた。

あれだけ苦労したのに、剥《む》け終わるまでは一瞬だった。

人外はだるだるに伸びきった着ぐるみのような有様に成り果てた。

「ハッハァーッ！　どうよ、飛ィ……！　ウヒッ――」

バクは伸びきった人外を手にしたまま、勢い余って浅川《あさかわ》に水没した。人外の中にいた正宗は無事なのか。バクや人外とは別の何かが流れてゆく。人間か。正宗だろう。

「助けないと……！」

川に入ってゆこうとする白玉を、灰崎が「任せて！」と制した。灰崎は跳び上がった。助走なしで、なんて跳躍力だ。あの右脚のせいなのか。灰崎はひとっ飛びで正宗のところまで到達して、抱きとめた。

安堵《あんど》したのか、白玉《しらたま》が「ひぁ……」というような声を漏らしてその場にへたりこんだ。

バクが着ぐるみ状態の人外を引きずって、ざぶざぶと歩いてくる。

「いいな、飛《とび》!?」

弟切《おとぎり》飛にはバクがいる。白玉龍子《りゆうこ》にはチヌが。そして、正木宗二《まさきしゆうじ》にはあの人外がいた。

「ああ」

飛が答えると、バクは着ぐるみ状態の人外をぶん投げるようにして掲げた。筒状の頭が横に割れるようにして、その口が大きく、どこまでも大きく開く。

バクは着ぐるみ状態の人外を丸のみにしたわけじゃない。何度かは咀嚼《そしやく》した。でも、ほぼ丸のみだ。バクは正宗《まさむね》の人外を食べてしまった。

飛は一部始終を見届けた。目を逸《そ》らさず、まばたきもしなかった。バクが人外を食べると、飛も胃が膨れる感覚を味わった。食べた。食べてやった。

「バク」

飛が左手を差しむけると、バクは瞬時にバックパックに戻った。飛はストラップを握り締めて左肩に掛け、バクを背負った。

灰崎《はいざき》が正宗を横抱きにして川から上がろうとしている。右脚が左脚と同じ作業着だ。灰崎の首にイタチのような生き物が絡みついている。あいつか。あれが灰崎の人外。さっきまであの人外が灰崎の右脚と同化していたのだろう。灰崎も飛や白玉と一緒だった。

「龍子」

飛はもう白玉をそう呼ぶことにためらいを感じなかった。

白玉龍子は飛に顔を向けた。

泣いているように見えた。

止《や》まないこの雨のせいだろうか。

「風邪ひくよ」

飛がそう言うと、彼女は微《かす》かにうなずいた。それから、ほんの少しだけ目を細め、唇の両端をいくらか持ち上げてみせた。

「飛くんの……飛のほうこそ」


——昔、兄に訊《き》いたことがある。

「ねぇ、お兄ちゃん。雨はどうして止むの？」

飛は窓にしがみつくようにして外の景色を見ていた。朝から雨が降っていたが、窓は少しだけ開いていた。兄は窓際に立って煙草《たばこ》を吸っていた。

「終わらないものはないからだよ」

兄はそう答えた。

「全部、終わっちゃうの？」

「形あるものはすべて滅びてしまう。この世に形のないものはない。何もかも、いつかは終わるんだ」

「僕も、お兄ちゃんも？」

兄は飛《とび》を見下ろして頭を撫《な》でた。

飛は兄が吸っていた煙草《たばこ》の匂いを覚えている。


あれだけ激しく降っていた雨も、翌朝までには完全に止《や》んだ。いつもどおりバクを背負って登校すると、靴箱のところで白玉龍子《しらたまりゆうこ》が待っていた。浅宮《あさみや》は教室にいた。機嫌はよくなさそうだったが、飛と龍子が挨拶するとぶっきらぼうに返してきた。担任の針本《はりもと》によると、正宗《まさむね》こと正木宗二《まさきしゆうじ》は体調不良でしばらく欠席するという。当面は登校できないだろう。二度と、かもしれない。

高友未由姫《たかともみゆき》。紺《こん》ちあみ。正木宗二。二年三組には短い間に三つの空席ができた。それなのに、同級生たちは平静を保っていた。教員たちも以前と変わらない調子で授業を進めた。授業中にバクが調子外れの鼻歌を歌うような声を出すと、龍子が下を向いて肩を震わせた。飛は机に掛けてあるバクを軽く小突いた。

昼休みに龍子と連れだって用務員室を訪ねた。灰崎《はいざき》は見るからにやつれていて、作業着の着こなしも心なしかだらしなかった。

「やあ、二人とも。元気そうでよかった。正木くんのことは、私に任せておいてくれて大丈夫だから」

「あんまり大丈夫そうに見えないんだけど」

飛が率直な感想を口にすると、灰崎は乾いた笑い声を立てて首を振った。

「何やかやで徹夜してしまってね。前は二、三日眠らなくても問題なかったんだけど、年かな。ようするに寝不足なだけだし、本当に平気だよ」

「睡眠は大事です」

龍子が噛《か》んで含めるように言った。灰崎は疲れた顔を大袈裟《おおげさ》にしかめてみせた。

「私がきみたちを心配しなきゃいけない立場なのに、これじゃ逆だな」

それから灰崎は「オルバー」と呼びかけた。大きな作業机の下からイタチのような小動物が出てきて、するすると灰崎の体をよじ登った。

「初対面ではないと思うけど、私の人外、オルバーだ」

オルバーは灰崎の肩の上で鼻をひくひくさせた。バクが飛の背中から身を伸び上がらせて、値踏みするように「へえ……」と言った。龍子は丁寧に頭を下げた。

「こんにちは、オルバー」

灰崎《はいざき》が軽く顎をしゃくってみせると、オルバーはまた作業机の下に駆けこんだ。

「私としては——きみたちには、なるべく余計なことを考えないで学校生活を送って欲しい。そのために、私にできることはすべてやる。私を信じてくれとは言わない。ただ、私はそうするつもりでいる。気が向いたら、是非頼ってくれ」


放課後、バクを背負って教室を出ようとしたら、龍子《りゅうこ》に呼び止められた。

「一緒に帰りませんか？」

むず痒《がゆ》いような、くすぐったいような、妙な気分だった。断る理由はないので、飛《とび》はうなずいた。

二人で浅川《あさかわ》の土手を歩いた。浅川に架かっている橋に差しかかると、飛は欄干に上がりたくなった。

「上がらないの？」

龍子が欄干をさわって言った。飛は軽々と欄干に上がった。

「やれやれ、だぜ……」

バクがぼやいた。龍子は笑ってポシェットからチヌを出し、右肩にのせた。

下流のほうに鉄道橋が見える。昨日の出来事を一瞬、思いだした。

飛は欄干の上を、龍子はその下の歩道を、ゆっくりと進んだ。

「何もかも――」

自分がどうしてそんなことを言いだしたのか、飛にはわからなかった。

「いつかは終わっちゃうんだよな」

龍子が立ち止まって飛を見上げた。飛も足を止めた。

「わたしもたまに、考えます」

龍子は胸の真ん中あたりに手を押しあてた。

「たとえば、このいのちが終わってしまう時のことを。なんだかとても苦しくなって、たまらなくなる。ずっと、いつまでも、終わらなければいいのに」

飛は車道側に体を向けて欄干に腰を下ろした。龍子は欄干に両手を置いた。

ふと思うことがある。

兄は知っていたのではないか。飛と離ればなれになることを予期していた。形のないものはないし、形あるものはすべて滅びる。兄弟二人の暮らしも失われるだろう。兄は覚悟していたのではないか。

もし何か大事な物ができたとしても、兄のように消えてしまう。

バクだけだ。

飛が手放しさえしなければ、バクとは一緒にいられる。そのはずだった。

違ったんだ。

いつかバクも食べられてしまうかもしれない。バクが紺《こん》や正宗《まさむね》の人外を食べてしまったように、誰かの人外がバクを食べてしまうかもしれないんだ。

いいさ。べつによくはないけれど。その時はその時だ。バクが食べられたら、どうせ飛《とび》も無事ではいられない。

高友《たかとも》は彼女の中にある何か大事なものを壊されてしまったのだろう。追い詰められて、あの屋上から身を投げた。そして、高友の両親は娘を失おうとしている。そうならなければいい。高友がよくなってくれればいいと祈ることくらいしか、飛にはできない。

紺ちあみと正木宗二《まさきしゅうじ》はバクに人外を食べられた。二人とも自分の人外を認識していなかったようだ。それでも、人外はずっと二人に寄り添っていた。二人のかけがえのない一部だった。二人の一部が人びとを傷つけて、損なった。

だから、しょうがない。

ああするしかなかったんだ。

「飛」

「うん」

「もし、飛が」

「僕が？」

「少しでも飛が、悔いているなら」

悔いる。

飛は胸の裡《うち》でその言葉を繰り返した。

僕が、悔いる。

悔いている。

「その後悔をわたしにも分けて」

彼女の瞳はどこか遠くを見すえている。

強い風が吹く。

黒髪が風になびいて、彼女の顔を裸にする。

「何かが終わってしまう時のことを考えて、悲しくなったり寂しくなったりしたら、わたしに言って欲しい」

「そんなの――」

飛はうつむいた。

「言って……どうなるの？」

「わからない」

彼女が唇をきゅっと噛《か》む。飛は横目でその表情を盗み見ている。

「ただ、教えて欲しくて」

悔いてなんか、ないよ。

そうじゃなくて、後悔していないことが、ちょっとだけ後ろめたい。

悲しくはない。寂しくもない。

彼女に何を話せばいいのだろう。

話したいことがあるのか、ないのか。

そんなことさえ、今はまだわからない。

「前から思ってたんだけど——」

飛《とび》は空を仰いだ。

「龍子《りゅうこ》って、変な人だね」

「おまえが言うかァ？」

バクが嫌みたらしく嘲笑《あざわら》った。彼女の笑い声も聞こえた。飛は淡い色の空にため息を浮かべた。そのあとで仄《ほの》かに笑った。

To be continued.

あとがき

最初に接したEveさんの楽曲は『ドラマツルギー』でした。

以来、新曲がリリースされるたびに聴いてきました。

僕は当然、単なる一リスナーでしかありませんでした。

縁あってこの小説を書くことになりました。Eveさんの楽曲の歌詞を読み込んだのはそれからです。

僕は昔、下手の横好きとして作詞作曲をしたり、路上で弾き語りをしたりしていたこともあるのですが、実はろくに楽譜を読むことができません。そして、歌詞を覚えることができません。僕には何か重大な欠陥があるのでしょうか。何百回、何千回と歌った曲でさえ、歌詞というものを正確に記憶することができないのです。

僕はMVを何度となく見ました。楽曲を聴きながら、歌詞を読み返しました。

なんて難解なんだろう。

伝わってくるものは確実にあるのに、明確な意味のかたまり、はっきりした流れとしてつかまえることができない。そこがまた得も言われぬ魅力として感じられるのですが、いざここから物語を創るとなると、僕はいったい何を書けばいいんだろう。

答えのない問題を解くようなものです。当惑しました。同時に、奮い立ちました。

そもそも、僕が長らく従事してきた作家という仕事に、明らかな正解というものは存在しません。

自分が正しいと思って書いても、読み手にとってはそうではないかもしれない。迷いながら書いた文章から、読み手がたしかな何かを見いだすことだってあります。結局、いつも僕は、真っ暗闇の中を手探りで進むだけなのです。進んだあとに一筋の道ができる。それが一つの物語になります。

もちろん、Ｅｖｅさんと何度も話しあいました。その中でいくつものアイディアが浮かびました。貴重な意見や助言をたくさんいただきました。小説を書くというのは基本的に孤独な作業なのですが、今回は一人ではありませんでした。道しるべがありました。分かれ道ではどちらを選ぶか、一緒に考えてくれる人がいました。その人はときに手をとり、繊細にしてあたたかな歌声で励ましてくれました。

Ｅｖｅさんと関係者各位、まりやすさん、イラストを担当してくださったｌａｃｋさん、担当編集者の中道《なかみち》さんと、この小説を読んでくださった皆さんに心より感謝します。またお会いできたら嬉《うれ》しいです。

十文字《じゅうもんじ》　青《あお》

引用文献
宮沢賢治『よだかの星』（ちくま日本文学003）筑摩書房 2007
サン＝テグジュペリ／野崎歓・訳『ちいさな王子』（光文社古典新訳文庫）光文社 2006
ベルトラン・サンティーニ・作／ロラン・ガパイヤール・絵／安積みづの、越智三起子・訳『ヤーク』朝日学生新聞社 2012